KB012302

이효석을 읽다

이효석을 읽다

서울국어교사모임 지음

머리말

이효석은 1907년 강원도 평창군 봉평에서 태어나 1942년 36세의 젊은 나이에 결핵성 뇌막염으로 세상을 떠났다. 그는 1930년대에 주로 활동했던 작가로, 작가로서 활동한 14년 동안 다섯 권의 단편집과 두 편의 장편소설, 그리고 수많은 시, 수필, 평론 등을 남겼다.

이효석의 초기 문학은 빈민층의 비참한 삶, 노동자들에 대한 부당한 대우 등 잘못된 현실을 비판하고 계몽하는 성격이 짙었으나, 후기로 갈수록 향토적이며 인간과 자연이 어우러지는 아름다운 삶을 추구하는 서정적인 작품들을 주로 창작했다.

이 책은 이효석의 삶과 작품 세계를 이해하고, 그의 주요 작품들을 좀 더 쉽게 읽어낼 수 있도록 하기 위해 만들어졌다.

이 책에는 그의 대표작 4편을 실었는데, 현실 비판적 성격이 강한 초기 작품 가운데 〈도시와 유령〉, 〈마작철학〉을, 서정적·향토적 성격의 후기 작품 가운데 〈메밀꽃 필 무렵〉과 〈산〉을 골라 실었다.

〈도시와 유령〉은 일제강점기 도시 빈민의 비참한 삶에 대한 연민과 일제 주도하에 일방적으로 진행된 근대화에 대한 비판이 담겨 있다. 〈마작철학〉은 대자본의 술수와 횡포에 조선의 정어리 산업이 망하면서 식민지 조선의 백성들이 고통받는 현실과 이에 포기하지 않고 맞서는 조선 노동자들의 모습을 그리고 있다.

〈메밀꽃 필 무렵〉은 장돌림으로 떠도는 세 인물의 삶과 운명적인 만남을 시적인 자연 묘사와 인물들의 대화를 통해 들려준다. 〈산〉은 이효석의 서정적이며 묘사적인 문체가 돋보이는 작품이다. 인간 사회에서 상처를 받은 주인공이 산이라는 공간에서 위로받는 모습을 통해 자연에의 동경과 인간과 자연의 조화를 말하고 있다.

이 책은 이효석 소설을 먼저 접한 선배가 이효석 소설을 접할 후배들에게 이효석 소설을 좀 더 쉽게 만날 수 있도록 안내하는 책이다. 이 책을 읽으며 이효석의 삶을 이해하고 그의 소설이 지닌 매력과 가치를 느낄 수 있었으면 좋겠다.

서울국어교사모임

차례

머리말　　　　　　　　　　　　　　4

01　이효석의 삶과 작품 세계

이효석의 삶　　　　　　　　　　10
이효석의 작품 세계　　　　　　　20

02　이효석 작품 읽기

노시와 유령　　　　　　　　　　33
마작철학　　　　　　　　　　　65
산　　　　　　　　　　　　　　119
메밀꽃 필 무렵　　　　　　　　140

01

이효석의

삶과

작품

세계

이효석의 삶

출생과 학창 시절

이효석은 1907년 2월 23일 강원도 평창군 봉평면 창동리 남아동 68번지에서 태어났다. 그는 집안에서 오래 기다리던 귀한 아들이었다. 1910년에 아버지를 따라 서울로 가기까지 약 3년을 봉평에서 살았고, 1912년 여섯 살 때 다시 봉평으로 내려온 뒤로는 보통학교에 입학하기까지 서당에 다녔다. 서당을 다닐 때 이미 이효석은 한시를 지을 수 있었다고 한다.

1914년에는 평창공립보통학교에 입학하는데, 이 학교는 봉평에서 40킬로미터나 떨어진 곳이다. 이에 이효석은 어린 나이에 부모 곁을 떠나 생활한다. 그리고 보통학교에 다니면서 〈사씨남정기〉, 〈추월색〉 같은 소설을 읽고 이야기 세계에 관심을 갖게 된다.

보통학교 졸업 성적이 우수했던 이효석은 졸업하던 해에 경성제일고등보통학교에 무시험으로 입학했다. 경성제일고보를 다니는 동안, 1학년 때는 하숙을 하고 2, 3학년 때는 학교 기숙사에서 생활했다. 경성제일고보에서 이효석의 학업 성적은 늘 우수했으며, 특히 문학 수업을 좋아했다. 친구들의 영향으로 러시아 문학을 접했고, 시와 콩트를 써서 신문에 투고해 원고료로 친구들에게 한턱을 내기도 했다고 한다. 경성제일고보 재학 시절에 1년 선배인 유진오를 만나게 되는데, 유진오는 이효석의 임종을 지키기도 했을 만큼 각별한 사이로 평생을 함께했다.

경성제일고보를 졸업한 이효석은 그해에 경성제국대학 예과로 진학했으며 법학 계열을 선택했다. 이효석은 사실 대학에 진학할 형편이 안 되어 학업을 포기할 생각도 여러 번 했고, 책을 살 돈이 없어 교수와 친구의 책을 빌려보곤 했으며, 밥을 못 먹을 때도 많았다고 한다. 그럼에도 불구하고 그는 문학에 대한 열정을 이어갔다. 조선인 예과생들의 모임인 '문우회(文友會)'에서 엮은 문집인 《문우》에 습작품을 발표하기도 하고, 예과의 학생회 기관지인 《청량》에 일본어로 쓴 작품을 발표했으며, 매일신보에 콩트를 발표하기도 했다. 1927년 4월, 이효석은 법문학부 문학과에 진학해 영어영문학으로 전공을 선택한다. 그리고 1928년 7월 〈도시와 유령〉이라는 단편을 발표하면서 문단에 등단한다.

이효석의 고향, 봉평

이효석의 대표작이 〈메밀꽃 필 무렵〉이다 보니 이효석과 봉평이 꽤 깊은 인연을 맺지 않았을까 생각하기 쉽다. 그러나 이효석은 중등교육을 받기 위해 서울로 유학을 가면서부터 강원도를 떠나 살았다. 그래서 평창을 포함하는 영서 지방은 사실상 초등학교 시절까지의 기억으로만 남아 있다고 볼 수 있다. 이렇듯 고향에 머물렀던 시기가 짧았기에 고향인 봉평을 배경으로 한 소설은 〈메밀꽃 필 무렵〉, 〈개살구〉, 〈산협〉 등 이른바 '영서 3부작'이라 불리는 작품뿐이다.

> 고향에 관한 시절의 글을 부탁받을 때마다 나는 언제든지 잠시간은 어느 곳 이야기를 썼으면 좋을까를 생각하고 망설이고 주저한다. 나의 반생을 푸근히 싸주고 생각과 감정을 그 고장의 독특한 성격에 맞도록 눅진히 길러준 고향이 없기 때문이다. (중략)
>
> 고향의 정경이 일상 때 마음에 떠오르는 법 없고 고향의 생각이 자별스럽게 마음을 눅여준 적도 드물었다. 그러므로 고향 없는 이방인 같은 느낌이 때때로 서글프게 뼈를 에이는 적이 있었다.
>
> 〈영서(嶺西)의 기억〉에서

이효석의 수필 〈영서의 기억〉을 보면, 봉평에서 살았던 시기가 짧았던 만큼 고향에 대한 정이 깊지 않았음을 알 수 있다. 오히려 따뜻한 고향이 없음을 한탄스러워하고 있다.

그러나 〈영서의 기억〉 마지막 부분에서 이효석은 빈약한 고향

의 기억 속에서도 귀한 추억이 있었음을 고백하며 고향을 찾은 지
오래여서 그리운 생각이 솟기도 한다고 했다.

영서는 산과 들과 수풀과 시내의 고장이요, 자연은 더한층 풍성하
다. 영동에서는 달이 바다에서 뜨나 영서에서는 달이 영(높은 산의
고개)에서 뜨므로 그 조화는 한층 복잡하다. 영서의 기억이라고 하
여도 나에게는 읍내의 기억이 있고 마을의 기억이 있고 산골의 기
억도 있으나, 가을 기억으로는 산과와 청밀과 곡식과 농산물 품평
회의 기억이 가장 또렷하다.

〈영서의 기억〉에서

이렇듯 (비록 봉평에 머문 기간을 짧았지만) 봉평의 자연에 대한
또렷한 기억이 이효석의 가슴에 남아 있었다. 그리고 서당을 다니
며 경험했던 것, 실제로 존재했던 충줏집이라는 주막에 대한 기억
등이 〈메밀꽃 필 무렵〉 탄생에 결정적인 역할을 했다.

동반자작가 시절

1930년, 이효석은 대학을 졸업하고 왕성한 창작 활동을 한다. 그
해에만 〈노령근해〉, 〈깨트려지지 않는 홍등〉, 〈마작철학〉, 〈약령
기〉 등 8편의 소설을 발표한다. 이 작품들은 사회주의 경향을 띤

작품들로, 1925년 카프의 결성 이후 사회주의문학이 주류를 이루던 당시 문단의 분위기에 영향을 받은 것으로 보인다.

카프에 속해 있지는 않았지만 그들의 사상에 동조하는 작가들을 '동반자작가'라고 하는데, 이효석은 동반자작가로서 4년여 동안 활동했다. 그러다가 생활고 때문에 1931년 총독부 경무국에 검열관으로 취직한다. 당시 작가들은 자신의 창작물을 검열하던 경무국과 적대 관계에 있었으므로, 이효석을 변절자라고 비난했다. 이효석은 이런 비난에 충격을 받았으며, 결국 일을 그만두고 처가가 있는 함경북도 경성으로 내려가 교사 생활을 시작한다. 이때부터 그의 문학 세계에는 변화가 생기기 시작한다.

서양 문화에 대한 애착

이효석은 서구식 생활 방식과 문화를 즐긴 것으로 알려져 있다. 유행을 앞서가는 옷을 입고, 꽃을 좋아했으며, 서양 고전음악을 즐겨 들었다고 한다. 이에 이효석의 오랜 친구이자 선배인 유진오는 이효석을 "고귀한 향기를 가진 아름다운 서양 화초와 같은 느낌"이라고 표현하기도 했다.

이효석은 경성에서 교사 생활을 할 때, 빵을 사거나 커피 한 잔을 마시기 위해 십 리 길을 걸어가기도 했다고 한다. 그리고 버터나 우유 같은 서양 음식을 된장국보다 더 즐겼던 것으로도 유명하다. 이효석의 한 제자는 "테이블의 한구석 서랍에는 반드시 버터를 넣은 조그마한 포트가 놓여 있었고, 그 곁에는 버터와 나이프가 항상 놓여 있었다."라고 기억하기도 했다.

이효석은 생활양식뿐만 아니라 서구 문학과 음악에도 관심이 많았다. 학창 시절부터 러시아 작가인 체호프의 작품을 즐겨 읽었

고, 모차르트와 슈베르트, 차이콥스키 등의 서양 고전음악에 빠져 있었다고 한다. 또 영어영문학과에 다니던 시절에는 싱(Synge)과 예이츠(Yeats) 같은 아일랜드 작가들의 작품을 애독했다고 한다.

1938년 크리스마스 날 저녁 평양 자택에서 촬영된 것으로 알려진 왼쪽의 사진을 보면 그의 서양 취향을 잘 알 수 있다. 한쪽에는 사람 키만 한 크리스마스트리가 놓여 있고, 축음기와 책과 레코드판도 가지런히 놓여 있다. 이렇듯 서양 문화에 대한 이효석의 관심은 그의 일상생활에 녹아 있었다.

이효석의 이런 서구 취향은 그의 작품에서도 찾아볼 수 있는데, 작품에 등장하는 지식인들 대부분이 서구 문화에 익숙한 모습으로 그려진다. 또 서양의 문학, 음악, 미술, 영화 등이 소설 곳곳에 인용되어 나타나기도 한다.

구인회 창설과 순수문학

이효석은 1933년 8월 이태준, 정지용, 김기림 등과 함께 구인회를 만들었다. 구인회는 자유로운 활동에 바탕을 두고 다독다작을 목적으로 한 문인들의 사교 모임이었다. 이효석은 구인회의 일원이 됨으로써 사상이나 이념보다는 예술성과 기교를 더 중시한 작가들과 가깝게 지냈다. 이로써 이효석의 문학 경향에 변화가 나타나기 시작했다.

이효석이 1933년 10월에 발표한 〈돈〉은 변화된 그의 작품 세계를 잘 드러낸다. 〈돈〉을 발표한 이후 이효석의 관심은 계급 의식이나 사회주의 운동 등에서 애정 문제로 옮겨갔다. 1934년 이후 쓰인 소설에서 이 사실을 확인할 수 있다.

그러나 이효석은 구인회에 오래 몸담지 않았다. 탈퇴한 때를 정확히 알 수 없으나, 1936년 3월에 간행된 《시와 소설》 편집 후기를 보면 구인회 회원들 이름에서 빠져 있음을 알 수 있다.

평양 시절, 그리고 아내와 아들의 죽음

1936년, 이효석은 평양으로 옮겨가서 숭실전문학교의 교수가 되었다. 그러면서 사회적 지위도 얻고 일정한 수입도 생겨, 집안 분위기도 좋아졌고 왕성한 창작 활동도 할 수 있었다. 〈분녀〉, 〈산〉, 〈들〉, 〈메밀꽃 필 무렵〉 등 많은 작품이 이때 쓰인 것이다.

1938년 3월 31일, 이효석은 숭실전문학교 교수직에서 물러났다. 일제의 탄압으로 학교가 폐교되었기 때문이다. 일제는 전쟁을 준비하면서 '내선일체' 정책을 강화했는데, 그 가운데 하나가 조선어 말살 정책이었다. 이로 인해 이효석은 교수직을 잃었을 뿐만 아니라 일본의 침략전쟁에 도움이 되는 글을 쓰라는 강압적인 요구까지 받았다.

1940년, 이효석은 아내와 사별한다. 이때 아내는 28세였고, 이효석과 결혼한 지 10년째였다. 이효석은 아내와의 사별 후 둘째 아들까지 잃는 아픔을 겪는다. 이효석은 심한 상실감과 고독감을 달래기 위해 만주와 중국 일대를 여행했고, 귀국한 뒤에는 평양의 기림리로 거처를 옮긴다.

마음을 다잡으려고 이사까지 했지만 이효석은 건강이 좋지 않았다. 1940년 초부터 이효석의 건강은 악화되었고, 결국 1941년에 큰 수술을 받는다. 하지만 끝내 건강을 회복하지 못하고 1942년 5월 25일 세상을 떠나고 말았다.

이효석의
작품 세계

이효석은 서울, 경성, 평양 등으로 거주지가 바뀔 때마다 문학 세계에 변화가 있었다. 서울에서는 학창 시절을 보내며 전업 작가로서의 삶을 살았고, 경성과 평양 시절에는 교편을 잡으며 창작활동을 이어갔다. 가난했던 서울 생활에서 공간의 이동에 따라 사회적 지위는 안정적으로 바뀌어갔고, 그의 문학적 경향에도 변화가 있었다.

이효석 하면 가장 먼저 떠오르는 작품이 바로 〈메밀꽃 필 무렵〉이다. 〈메밀꽃 필 무렵〉은 '한국 단편소설의 백미'로 평가받고 있지만, 이효석의 문학 세계 전체를 보여주는 작품은 아니다. 이효석은 단편소설뿐만 아니라 장편소설, 시, 시나리오, 수필 등 다양한 장르를 넘나들며 왕성하게 창작 활동을 한 작가이며, 계급 의식·자연·성 등 다양한 주제를 담아내었다.

동반자작가

1925년 '조선프롤레타리아예술가동맹(KAPF, 카프)'이 결성되기 전부터 많은 지식인들이 계급 의식을 바탕으로 창작을 하고 있었다. 이효석이 본격적으로 문단에 나서게 된 것은 1928년에 〈도시와 유령〉을 발표하면서부터였다. 이때 이효석은 경성제국대학의 법문학부에서 영어영문학을 전공하고 있었고, 당대의 문단을 휩쓸고 있던 프롤레타리아문학*에 동조하고 있었다. 일제가 세운 최고의 대학에 속한 지식인이었지만 민족적 차별을 받는 조선인 학생의 처지였기 때문이다.

이효석은 〈도시와 유령〉, 〈기우〉, 〈행진곡〉, 〈노령근해〉, 〈마작철학〉 등을 통해 문단의 주류인 프롤레타리아문학과 보조를 맞추어 계급 의식, 현실 모순에 대한 비판 의식 등을 드러낸 작품들을 발표하면서 동반자작가에 속하게 된다.

동반자작가라는 말은 프로문학 운동 조직에는 참가하지 않았지만 작품 경향은 프로문학과 비슷한 작가에게 붙여지는 명칭이었던 것으로 기억한다. 사실, 효석과 나는 여러 차례 프로문학 운동에 가담할 것을 권고받았다. 그러나 문학을 하는 데 조직과 운동이 필요

• **프롤레타리아문학** 프롤레타리아는 노동계급을 의미하는 말이다. 프롤레타리아문학은 사회주의 이념을 담은 문학인데, 프롤레타리아와 부르주아와의 계급 투쟁, 노동자 계급의 혁명 등을 주제로 담고 있다.

한 것인지 우리는 이해할 수가 없었을 뿐만 아니라, 일단 그 조직 속에 들어가면 동류 작가의 작품은 으레 칭찬하고 다른 작가의 작품은 으레 까야 하고 하는 것이 싫어서, 끝내 그들의 권유를 물리치고 말았다. 효석과 나는 만나면, 당시의 우리 작가들의 문학적 치졸을 이야기하고는 하였다.

유진오, 〈젊음이 깃 칠 때〉에서

그러나 유진오의 회고처럼 이효석은 끝내 카프에는 참여하지 않았다. 그리고 그의 동반자작가로서의 문학적 경향은 1933년 이후 변화를 겪게 된다.

이효석의 동반자작가로서의 작품은 크게 평가받지는 않는다. 사회 현실에 대한 인식이나 지향하는 이념이 구체적이지 못하고 다소 감상적이며 사실감이 떨어지는 등 작품의 완성도가 미흡한 것도 사실이다.

그럼에도 불구하고 동반자문학에 해당하는 그의 작품에는 당대 현실에 대한 고민이 담겨 있으며, 시대 현실에 민감한 양심적인 문인으로서의 면모를 찾아볼 수 있다. 그가 동반자작가로서 더 확고하게 계급 의식을 보여주지 못했다기보다는, 이데올로기나 현실 문제에 대한 관심 못지않게 자유로운 상상력 또한 작품에 녹여내려 했던 작가의 다양한 창작의 폭으로도 볼 수 있다.

자연과 인간

이효석은 1933년 이후 본격적으로 자연 속의 삶과 인간 본능을 소재로 한 작품을 창작한다. 〈산〉, 〈들〉, 〈메밀꽃 필 무렵〉 같은 전원적 삶이나 토속적 자연을 그린 작품을 통해 자연이나 인간에 대한 문학적 관심을 보여주고 있다.

> 눈에는 어느 결엔지 푸른 하늘이 물들었고 피부에는 산 냄새가 배었다. 바심할 때의 짚북데기보다 부드러운 나뭇잎 속에 몸을 파묻고 있으면 몸뚱어리가 마치 땅에서 솟아난 한 포기의 나무와도 같은 느낌이다. 살을 베이면 피 대신에 나뭇진이 흐를 듯하다.
>
> 하늘의 별이 와르르 얼굴 위에 쏟아질 듯싶게 가까웠다 멀어졌다 한다.
> 별 하나 나 하나, 별 둘 나 둘, 별 셋 나 셋…….
> 어느 결엔지 별을 세이고 있었다.
> 세이는 동안에 중실은 제 몸이 스스로 별이 됨을 느꼈다.
>
> 〈산〉에서

머슴살이 7년 만에 맨주먹으로 쫓겨난 중실이 찾아간 곳은 산이다. 중실에게 '산'은 인간 세상에서 받았던 고통이나 갈등을 치유하는 화해의 공간이자 스스로 만족하면서 살아갈 수 있는 공간이다. 이곳에서 중실은 자연의 일부가 되기도 하고, 자연과 하나가 되기도 한다.

"봉평은 지금이나 그제나 마찬가지지. 보이는 곳마다 메밀밭이어서 개울가가 어디 없이 하얀 꽃이야. 돌밭에 벗어도 좋을 것을, 달이 너무도 밝은 까닭에 옷을 벗으러 물방앗간으로 들어가지 않았나. 이상한 일도 많지. 거기서 난데없는 성 서방네 처녀와 마주쳤단 말이네."

〈메밀꽃 필 무렵〉에서

〈메밀꽃 필 무렵〉에서는 자연의 낭만적인 분위기 아래, 애정 욕구를 지닌 인간의 모습도 자연의 일부로 그려내고 있다. 자연은 인간이 서로 인연을 맺게 해주기도 하고, 자연스러운 본능에 따르는 인간의 모습은 그 자체가 자연이 되기도 한다. 그러니 성 서방네 처녀와 허 생원의 만남과 사랑도 자연의 조화에 따른 것이다.

인간 본능에 대한 긍정

'인간 본능에 대한 긍정'은 이효석 문학의 한 축을 이룬다. 이효석은 동물과 인간을 동일시하고 본능으로서의 성욕을 긍정적으로 바라보고 있다. 이효석은 동물들을 통해서 인간의 심리적인 욕구

를 드러내기도 하고, 인간과 동물의 욕구를 동일 선상에 두기도
한다.

> 반평생을 같이 지내온 짐승이었다. 같은 주막에서 잠자고, 같은 달
> 빛에 젖으면서 장에서 장으로 걸어 다니는 동안에 이십 년의 세월
> 이 사람과 짐승을 늙게 하였다. 가스러진 목뒤털은 주인의 머리털
> 과 같이 바스러지고, 개진개진 젖은 눈은 주인의 눈과 같이 눈곱을
> 흘렸다. (중략)
> "우리들 장난이 아니우. 암놈을 보고 저 혼자 발광이지."
>
> <메밀꽃 필 무렵>에서

<메밀꽃 필 무렵>에서 허 생원과 나귀는 소설 전반에서 동일시
된다. 나귀의 과거 내력이나 외모, 행동 등이 허 생원과 비슷하다.
허 생원과 나귀의 관계를 통해 이효석의 자연관을 다시 한번 확인
할 수 있다. 이효석은 인간을 동물보다 우위에 있는 존재로 보지
않고 있으며 도덕적인 관념으로서 인간의 본능을 판단하지 않는
다. 그렇기 때문에 인간의 본능적 욕구는 자유롭게 표현된다. <분
녀>, <들>에서 보여주는 애정은 아무런 양심의 거리낌도 없으며,
그렇기에 대담하고 파격적으로 그려진다.
　이효석의 이러한 문학적 경향은 심미주의로 이어진다. 심미주
의는 아름다움을 추구하고 창조하는 것을 지상의 목표로 삼는 창

작 태도나 비평적 자세를 가리키는 말이다. 이효석은 이제 '예술로서의 문학'과 '대상을 미적으로 표현하는 것'에 관심을 쏟았다. 이러한 이효석의 심미주의 경향은 시대적인 상황과 연결되어 통속적인 작가라는 비판을 불러오기도 했다.

그러나 순수문학이냐 참여문학이냐 하는 이분법적 기준으로 그의 작품을 판단하고 평가하기보다는 우리의 현대문학에서 순수문학의 흐름을 형성하는 데 기여했다는 측면도 고려해야 할 것이다. 오히려 이효석은 민족적 현실 및 계급에만 관심을 갖거나 현실과 무관한 예술을 추구한 것이 아니라 다양한 성향의 작품을 보여준 작가라 할 수 있다.

계급 의식을 담은 동반자작가로서 출발해 이후 순수문학을 지향하며 자신만의 예술 세계를 만들어간 이효석. 그의 문학에서 드러나는 시적 정신과 향토적 서정의 세계, 인간과 자연의 합일 추구, 아름다움을 추구한 심미주의 등은 한국 현대문학사에서 이효석이 구축한 영역이라 할 수 있을 것이다.

자연을 드러내는 방식, 감각적인 묘사

이효석은 자연의 모습을 아름다운 수채화처럼 묘사했다. 이렇게 자연을 감각적으로 묘사할 수 있었던 것은 자연을 아름다운 대상으로 바라보았던 그의 자연관에서 비롯한 것으로 볼 수 있다.

길은 지금 산허리에 걸려 있따. 밤중을 지난 무렵인지 죽은 듯이 고요한 속에서 짐승 같은 달의 숨소리가 손에 잡힐 듯이 들리며 콩 포기와 옥수숫잎새가 한층 달에 푸르게 젖었다. 산허리는 온통 메밀밭이어서 피기 시작한 꽃이 소금을 뿌린 듯이 흐뭇한 달빛에 숨이 막혀 하얗다. 붉은 대궁이 향기같이 애잔하고 나귀들의 걸음도 시원하다.

〈메밀꽃 필 무렵〉에서

〈메밀꽃 필 무렵〉은 소설이지만 서술보다는 감각적이고 시적인 묘사가 뛰어나다. 그래서 소설가 김동리는 이효석을 "소설을 배반한 소설가"라고 칭하기도 했다. 사실적인 묘사보다는 시적인 표현과 기법을 활용한 자연 묘사를 통해 신비롭고 환상적인 분위기를 자아낸다. 이러한 시적인 문체는 우리 문학의 수준을 한층 높여주었다.

이효석 작품 읽기

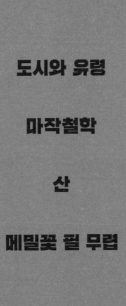

도시와 유령

마작철학

산

메밀꽃 필 무렵

도시와 유령

마 작 철 학

산

메밀꽃 필 무렵

도시와 유령

어슴푸레한 저녁. 몇 리를 걸어도 사람의 그림자 하나 찾아볼 수 없는 무인지경*인 산골짝 비탈길. 여우의 밥이 다 되어버린 해골 덩이가 똘똘 구르는 무덤 옆. 혹은 비가 축축이 뿌리는 버덩*의 다 쓰러져 가는 물레방앗간. 또 혹은 몇백 년이나 묵은 듯한 우중충한 늪가!

거기에는 흔히 도깨비나 귀신이 나타난다 한다. 그럴 것이다. 고요하고 축축하고 우중충하고. 그리고 그것이 정칙*일 것이다. 그러나 나는 아직도 그런 곳에서 그런 것을 본 적은 없다. 따라서 그런 것에 관하여서는 아무 지식도 가지지 못하였다. 하나 나는 (자랑이 아니라) 더 놀라운 유령을 보았다. 그리고 그것이 적어도 문명의 도시인 서울이니 놀라움단 말이다. 나는, 그래도 문명을 자랑하는 서울에서, 유령을 목격하였다. 거짓말이라구? 아니다. 거짓말도 아니고 환영도 아니었다. 세상 사람이 말하여 '유령'

* **무인지경** 사람이 살고 있지 않는 외진 곳.
* **버덩** 높고 평평하며 나무는 없이 풀만 우거진 거친 들.
* **정칙** 일정한 규칙이나 법칙.

34

이라는 것을 나는 이 두 눈을 가지고 확실히 보았다.

어떻든 길게 말할 것 없이 다음 이야기를 읽으면 알 것이다.

동대문 밖에 상업학교가 가제°될 무렵이었다. 나는 날마다 학교 집터에 미장이°로 다니면서 일을 하였다. 남과 같이 버젓하게 일정한 노동을 못 하고 밤낮 뜨내기° 벌이꾼으로밖에는 돌아다니지 못하는 나에게는, 그래도 몇 달 동안은 입에 풀칠을 할 수 있었다. 마는° 과격한 노동이었다. 그러므로 하루라도 쉬어본 일은커녕 한 번이라도 늦게 가본 적도 없었다. 원수같이 지글지글 타 내리는 여름 태양 아래에서 이른 아침부터 저녁때까지 감독의 말 한마디 거스르는 법 없이 고분고분히 일을 하였다. 체로 모래를 쳐라, 불 같은 태양 아래에 새까맣게 타는 석탄으로 노리°를 끓여라, 시멘트에다 모래를 섞어라, 그것을 노리로 반죽하여라 하여 쉴 새 없는 기계같이 휘돌아쳤다.° 그 열매인지 선물인지는 알 수 없으나 우리들이 다지는 시멘트가 몇백 간의 벌집 같은 방으로 변하고

- **가제되다** 임시로 대강 만들어지다.
- **미장이** 건축 공사에서 벽이나 천장, 바닥 따위에 흙, 시멘트 따위를 바르는 일을 직업으로 하는 사람.
- **뜨내기** 일정한 거처가 없이 떠돌아다니는 사람.
- **마는** 그렇긴 하지만.
- **노리** '풀'을 뜻하는 일본어.
- **휘돌아치다** 마구 돌아치다. 쉴 새 없이 왔다 갔다 하다.

친구들의 쨍쨍 울리는 끌* 소리가 여러 층의 웅장한 건축으로 변함을 볼 때에 미상불* 우리의 위대한 힘을 또 한 번 자랑하지 않을 수 없었다.

어리석은 미련둥이*들이라 ……* 어떻든 콧구멍이 다 턱턱 막히는 시멘트 가루를 전신에 보얗게 뒤집어쓰고 매캐한 노린 냄새와 더구나 전신을 한바탕 쪽 씻어내리는 땀 냄새를 맡으면서 온종일 들볶아치고* 나면 저녁 물*에는 정말이지 전신이 나른하였다. 그래도 집안 식구들을 생각하고 끼닛거리를 생각하면 마지막 힘이 났다. 일을 마치고 정신을 가다듬어가지고 일인* 감독의 집으로 간다. 삯전*을 얻어가지고 그 길로 바로 술집에 가서 한잔 빨고 나면 그제야 겨우 제 세상인 듯싶었던 것이다.

술! 사실 술처럼 고마운 것은 없었다. 버썩버썩 상하는 속, 말할 수 없는 피로를 잠시라도 잊게 하는 것은 그래도 술의 힘이었다.

그날도 나는 술김에 얼근하였었다. 다른 때와 같이 역시 맨 꽁

• 끌 망치로 한쪽 끝을 때려서 나무에 구멍을 뚫거나 겉면을 깎고 다듬는 데 쓰는 연장.
• 미상불 아닌 게 아니라 과연.
• 미련둥이 미련퉁이. 몹시 미련한 사람.
• 이 부분에 한 행 정도의 내용이 들어가는데, 원문에서 알아볼 수가 없음.
• 들볶아치다 몹시 급하게 몰아치다.
• 물 즈음. 무렵.
• 일인 일본 사람.
• 삯전 일한 대가로 받는 돈.

무니에 떨어진 김 서방과 나는 삯전을 받아들고 나서자마자 행길* 옆 술집에서 만판* 먹어댔다.

술집을 나와 보니 벌써 밤은 꽤 저물었었다. 잠을 자도 한잠 너그러지게* 잤을 판이었다. 잠이라니 말이지 종일 피곤하였던 판에 주기*조차 돌아놓으니 사실이지 글자대로 눈이 스르르 내려감겼다. 김 서방과 나는 즉시 잠자리로 향하였다.

잠자리라니 보들보들한 아름다운 계집이 기다리고 있는 분홍 모기장 속 두툼한 요 위인 줄은 알지 말어라. 그렇다고 어둠침침한 행랑방으로 알라는 것도 아니다. 비록 빈대에는 뜯길망정 어둠침침한 행랑방 하나 나에게는 없었다. 단지 내 몸뚱이 하나인 나는 서울 안을 못 돌아다닐 데 없이 돌아다니면서 노숙을 하였던 것이다. (그래도 그것이 여름이었으니 말이지 겨울이었던들 꼼짝없이 얼어 죽었을 것이다.) 따라서 세상에 못 볼 것을 다 보고 겪어왔었다. 참말이지 별별 야릇하고 말 못 할 일이 많았다. 여기에 쓰는 이야기 같은 것은 말하자면 그중에서 가장 온당한 이야기의 하나에 지나지 못한다.

어떻든 김 서방(도 이미 늦었으니 행랑 구석에 가서 빈대에게 뜯기는

• 행길 사람이 많이 다니는 큰길.
• 만판 마음껏 넉넉하고 흐뭇하게.
• 너그러지다 '너끈하다'의 뜻인 듯함. 무엇을 하는 데에 모자람이 없이 넉넉하다.
• 주기 술에 취한 기운.

것보다는 오히려 노숙하기를 좋아하였다.)과 나는 도수장°께를 지나서 동묘 앞까지 갔었다.

어느 결엔지 가는비°가 보실보실 뿌리기 시작하였다. 축축한 어둠 속에 칙칙한 동묘°가 그 윤곽을 감추고 있었다. 사방은 고요하였다.

"이놈들, 게 있거라!"

별안간에 땅에서 솟은 듯이 이런 음성이 들렸다. 나는 깜짝 놀라—는 대신에 빙긋 웃었다.

"이래 보여두 한여름 동안을 이런 데루 댕기면서 잠자는 놈이다. 그렇게 쉽게 놀라겠니."

하는 담찬° 소리를 남겨놓고 동묘 대문께로 갔다. 예기한° 바와 다름없이 거기에는 벌써 우리 따위의 친구들이 잠자리를 차지하고 있었다. 그래도 꽤 넓은 대문간이지만 그 속에 그득하게 고기 새끼 모양으로 오르르 차 있었다. 이리로 눕고 저리로 눕고 허리를 베고 발치에 코를 박고 드르렁드르렁 코를 골고.

"이놈들, 게 있거라!"

"아이그 그년……."

• **도수장** 고기를 얻기 위해 소나 돼지 따위의 가축을 잡아 죽이는 곳.
• **가는비** 가랑비. 가늘게 내리는 비.
• **동묘** 서울 동대문 밖에 있는, 관우를 모신 사당.
• **담차다** 겁이 없고 대담하다.
• **예기하다** 앞으로 닥쳐올 일에 대해 미리 생각하고 기다리다.

"이런 경칠* 자식 보게."

엎치락뒤치락 연해연방* 잠꼬대 소리가 뒤를 이었다. 그러면 이 쪽에서는,

"술맛 좋다!"

하고 입맛을 쩍쩍 다시는 사람도 있었다. 그 바람에 나도 끌려서 어느 결에 쩍쩍 다시려던 입을 꾹 다물어버리고 나는 어이가 없어 웃으면서 김 서방을 돌려 보았다.

"어떡할려나?"

"가세!"

"가다니?"

"아, 아무 데래두 가 자야지."

김 서방 역시 웃으면서 두 손으로 졸린 눈을 비볐다.

"이 세상에선 빠른 게 첫째야. 이 잠자리두 이젠 세가 나네그려.* 허허허."

하면서 발꿈치를 돌리려 할 때이다. 나는 으레 닫혀 있어야 할 동 묘 안으로 통한 문이 어쩐 일인지 반쯤 열려 있는 것을 발견하였 다. 나는 앞선 김 서방의 어깨를 탁 쳤다.

"여보게, 저리로 들어가세."

- **경치다** 혹독하게 벌을 받다.
- **연해연방** 끊임없이 연달아 자꾸.
- **세가 나다** 세나다. 물건 따위가 찾는 사람이 많아서 잘 팔리다.

"어데루 말인가?"

김 서방은 시원치 않은 듯이 역시 눈만 비볐다.

"저 안으로 말야. 지금 가면 어델 간단 말인가? 아무 데래두 쓰러져 한잠 자면 됐지."

"그래두……."

"머, 고지기*한테 들킬까 봐 말인가? 상관있나, 그까짓 거 낼 식전에 일찍이 달아나면 그만이지."

그래도 시원치 않은 듯이 머리를 긁는 김 서방의 등을 밀치면서 나는 안으로 들어갔다. 중문 턱까지 들어서니 더한층 고요하였다. 여러 해 동안 버려두었던 빈 집터같이 어둠 속으로 보아도 길*이 넘는 잡풀이 숲속같이 우거져 있고 낮에 보아도 칙칙한 단청이 어둠에 물들어 더한층 우중충하고, 게다가 비에 젖어서 말할 수 없이 구중중한* 느낌을 주었다. 똑바로 말이지, 청* 안에 안치한* 그림 속에서 무서운 장사가 뛰어 내닫지나 않을까 하고 생각할 때에 머리끝이 쭈뼛하여지는 것을 어찌할 수 없었다.

거진 옷을 적실 만하게 된 빗발을 피하여 앞뜰을 지나 넓은 처마 밑에 이르렀다. 그 자리에 그대로 푹 주저앉아 겨우 안심한 듯

- 고지기 일정한 건물이나 물품 따위를 지키고 감시하던 사람.
- 길 길이의 단위. '한 길'은 사람 키 정도의 길이.
- 구중중하다 모양새가 깔끔하지 않고 지저분하다.
- 청 단청. 옛날식 집의 벽, 기둥, 천장 따위에 여러 가지 빛깔로 그린 그림.
- 안치하다 잘 모셔두다.

이 숨을 내쉬었다.

그때이었다.

"에그, 저게 뭔가 이 사람!"

김 서방은 선뜻 나의 팔을 꽉 잡았다. 그가 가리키는 곳에 시선을 옮긴 나는 새삼스럽게 놀라지 않을 수 없었다. 별안간에 소름이 쪽 돋고 머리끝이 또다시 쭈뼛하였다.

불과 몇 간 안 되는 건너편 정전* 옆에 두어 개의 불덩어리가 번쩍번쩍하였다. 정신의 탓이었던지 파랗게 보이는 불덩이가 땅을 휘휘 기다가는 훌쩍 날고, 날다가는 꺼져버렸다. 어디선지 또 생겨서는 또 날다가 또 꺼졌다.

무섭* 잘 타기로 유명한 왕눈이 김 서방은 숨을 죽이고 살려달라는 듯이 나에게로 바짝 붙었다.

"하 하 하 하······."

나는 모든 것을 다 이해하였다는 듯이 활연히* 웃고 땀을 빠지지 흘리고 있는 김 서방을 보았다.

"미쳤나, 이 사람!"

오히려 화기가 버럭 난 김 서방은 말끝도 채 못 마쳤다.

• 정전 '왕이 나와서 조회(朝會)를 하던 궁전.'을 이르는 말. 여기서는 '중심이 되는 큰 집채'를 말함.
• 무섭 무서움.
• 활연히 환하게 터져 시원하게.

"하하하. 속았네, 속았어."

"……."

"속았어. 개똥불*을 보고 속았단 말야. 하하하."

"머 개똥불?"

김 서방은 그래도 못 미덥다는 듯이 그 큰 눈을 아직도 휘둥그렇게 뜨고 있었다.

"그래 개똥불야. 이거 볼려나?"

하고 나는 손에 잡히는 작은 돌멩이를 하나 집어 들었다. 그리고 두어 걸음 저벅저벅 뜰앞까지 나가서 역시 반짝거리는 개똥불을 겨누고 돌을 던졌다.

하나 나는 짜장* 놀랐다. 돌을 던지면 헤어져야 할 개똥불이 헤어지긴커녕 요번에는 도리어 한군데 모여서 움직이지도 않고 그 무슨 정세를 살피는 듯이 고요히 이쪽을 노리고 있지 않은가!

나는 또 숨을 죽이고 그곳을 들여다보았다. 오— 그때에 나는 더 놀라운 것을 발견하였다! 꺼졌다 또 생긴 불에 비쳐 헙수룩한* 산발*과 똑똑지 못한 희끄무레한 자태가 완연히 드러났다. 그제야 '흥 흥' 하는 후렴 없는 신음소리조차 들려오는 줄을 알았다.

* **개똥불** 반딧불.
* **짜장** 정말로.
* **헙수룩하다** 머리털이나 수염이 자라서 마구 헝클어져 있다.
* **산발** 풀어헤친 머리.

"에구머니!"

나는 순식간에 달팽이같이 오므라졌다. 그리고 또 부끄러운 말이지만 겨우 정신을 차렸을 때에 나는 동묘 밖 버드나무 밑에 쓰러져 있는 내 자신을 발견하였었다. 사실 꿈에서나 깨어난 듯하였다. 곁에는 보나 안 보나 파랗게 질린 김 서방이 신장대* 모양으로 벌벌 떨고 있었다.

밤이 이슥하였는데 집으로 돌아가기도 무엇하니 나머지 밤을 동대문께 가서 새우자고 김 서방이 제언하였다.*

비는 여전히 뿌리고 있었다. 뒤에서 무언가 쫓아오는 듯하여 연해연방 뒤를 돌아보면서 큰 행길에 나섰을 때에는 파출소 붉은 전등만 보아도 산 듯싶었다.

허둥허둥 동대문 담 옆까지 갔었다.

고요한 담 밑에는 아무것도 없었다. 모든 것을 집어삼킨 캄캄한 어둠밖에는……. 물론 파란 도깨비불*도 없다.

"애초에 이리로 왔더라면 아무 일두 없었을걸."

후회 비슷하게 탄식하고 어디가 어디인지 분간할 수 없어서 '에라 아무 데나.' 하고 그 자리에 푹 주저앉았다. 하자…….

• 신장대 무당이 신장(장군 귀신)을 내릴 때에 쓰는 막대기나 나뭇가지
• 제언하다 이견이니 생각을 내놓다.
• 도깨비불 밤에 무덤이나 축축한 땅 또는 고목이나 낡고 오래된 집에서 인 따위의 작용으로 저절로 번쩍이는 푸른빛의 불꽃.

나는 놀라기 전에 간이 싸늘해졌다. 도톨도톨한 조약돌이나 그렇지 않으면 축축한 흙이 깔려 있어야만 할 엉덩이 밑에…… 하나님 맙소사! 나는 부드럽고도 물컹한 촉감을 받았다.

뿐이 아니다. 버들껑* 하는 동작과 함께 날카로운 소리가 독살스런* 땡삐*같이 나의 귀를 툭 쏘았다.

"어떤 놈야 이게!"

나는 고무공같이 벌떡 뛰었다. 그러고는 쏜살같이 (그 꼴이야말로 필연코 미친놈 모양이었을 것이다.) 줄행랑을 놓았다.*

김 서방도 내 뒤에서 헐레벌떡거렸다.

"제발 사람을 죽이지 마라."

김 서방은 거의 울음 겨운 목소리로 부르짖었다.

"이놈의 서울이 사람 사는 곳이 아니구 도깨비굴이었던가."

나 역시 나중에는 맡길 데 없는 분기*가 솟아올랐다.

그러나 또 한편으로는 한없이 어리석고 못생긴 우리의 꼴들을 비웃고도 싶었다. 잘 알지는 못하지만 세상에 원 도깨비나 귀신치고 몸뚱어리가 보들보들하고 물컹물컹하고…… 아니 그건 그렇다고 해두더라도 '어떤 놈야 이게!' 하고 땡삐 소리를 치다니 그게

- 버들껑 정확한 뜻은 알 수 없으나, 버둥거리는 모양을 나타내는 말로 보임.
- 독살스럽다 살기가 느껴질 정도로 독한 기운이 있다.
- 땡삐 땅벌.
- 줄행랑 놓다 낌새를 채고 피하여 달아나다. '줄행랑'은 '도망'을 속되게 이르는 말.
- 분기 분한 생각이나 기운.

원……. 하고 의심하여 볼 때에는 더구나 단단치 못하게 겁을 집어먹은 것이 짝 없이* 어리석게 생각되었다. 그렇다고 그 자리에서 또 발을 돌려 그 정체를 탐지하러 갈 용기가 있었느냐 하면 그렇지도 못하였다.

하는 수 없이 보슬비를 맞으면서 시구문* 밖 김 서방네 행랑방까지 가지 않으면 안 되었다. 가제나* 덕실덕실 끓는 식구 틈에 끼여서 하룻밤의 폐를 끼쳤다……고 하여도 불과 두어 시간의 폐일 것이다. 막 한잠 자려고 드러누웠을 때에는 벌써 날이 훤히 새었었으니까.

이렇게 하여 나는 원 무엇이 씌었던지 하룻밤에 두 번씩이나 도깨비인지 귀신한테 혼이 났었다. 사실 몇 해 수*는 감하였을 것이다. 그러나 대체 누구를 원망하면 좋았으리오? 술 먹고 늑장*을 댄 내 자신일까, 노숙하지 않으면 아니 된 나의 운명일까, 혹은 도깨비나 귀신 그것일까. 그렇지 않으면 그 외의 무엇일까……. 나는 이제야 겨우 이 중의 어느 것을 원망하는 것이 마땅하다는 것을 똑똑히 깨달았다.

- 짝 없다 비교할 대상이 없을 만큼 대단하거나 심하다.
- 시구문 서울 중구 광희동에 있는 조선의 사소문 가운데 하나인 광희문. '수구문(水口門)'이라고도 하며, 서소문과 함께 시신을 내보내던 문이다.
- 가제나 가뜩이나. 그러지 않아도.
- 수 목숨. 수명.
- 늑장 느릿느릿 꾸물거리는 태도.

어떻든 유령 이야기는 이만이다. 하나 참이야기는 이로부터다.

잠 못 자 곤한 것도 무릅쓰고 나는 열심으로 일을 하였다. 비는 어느 결에 개버렸던지 또 푹푹 내리쬐는 태양 아래에서 시멘트 가루를 보얗게 뒤집어쓰고 줄줄 흐르는 땀에 젖어가면서.

그러는 동안에도 나는 전날 밤에 당한 무서운 경험을 머릿속으로 되풀이하여 보지 않을 수 없었다. 도깨비면 도깨빈가 보다 하고만 생각하여 두면 그만이었지마는, 그래도 그것을 그렇게 단순하게 썩 닦아버릴 수는 없었다.

'대체 원 도깨비가……'

하고 요리조리로 무한히 생각하였다. 하나 아무리 생각한다 하더라도 결국 나에게는 풀지 못할 수수께끼에 지나지 못하였다.

하는 수 없이 나는 점심시간을 타서 친구들에게 그 이야기를 하였다. 모두들 적지 않은 흥미를 가지고 들었다.

"머, 도깨비?"

이층 꼭대기에 시멘트를 갖다주고 내려온 맹꽁이 유 서방은 등에 매었던 통을 내려놓기도 전에 눈을 휘둥그렇게 떴다.

"내가 있었더라면 그까짓 걸 그저……"

벤또*를 박박 긁던 덜렁이 최 서방은 이렇게 뽐냈다.

* 벤또 '도시락'을 뜻하는 일본어.

그러나 가장 침착하게 담배를 풍풍 피우던 대머리 박 서방만은 그다지 신통치 않은 듯이,

"그래 그것한테 그렇게 혼이 났단 말인가…… 딴은 왕눈이 따위니까."

하면서 밑지 않게 싱글싱글 웃으면서 김 서방과 나를 등분으로 건너보았다. 그리고,

"도깨비 도깨비 해두 나같이 밤마다야 보겠나."

하고 빨던 담배를 툭툭 떨더니 이야기를 꺼냈다.

"바로 우리 집 옆에 빈집이 하나 있네. 지금 있는 행랑에 든 지가 몇 달 안 되어 모르긴 모르겠으나 어떻게 된 놈의 집이 원…… 사람이 들었던 집인지 안 들었던 집인지 벽은 다 떨어지구 문짝 하나 없단 말야. 그런데 그 빈집에 말일세……."

여기서 박 서방은 소리를 한층 높였다.

"저녁을 먹구 인제 골목쟁이°를 거닐지 않겠나. 그러면 그때일세. 별안간 고요하던 빈집에 불이 하나씩 둘씩 꺼졌다 켜졌다 하겠지. 그것이 진 서방(나를 가리켜 하는 말이다.) 말마따나 무엇을 찾는 듯이 슬슬 기다는 꺼지고 꺼졌단 또 생긴단 말야. 그런데 그런 불이 차차 늘어가겠지. 그러곤 무언지 지껄지껄하는 소리가 나자 한쪽에서는 돈을 세는지 은방망이로 장난을 하는지 절걱절걱

• **골목쟁이** 골목에서 좀 더 깊숙이 들어간 좁은 곳.

하다간 또 무엇을 먹는지 쭉쭉 하는 소리까지 들리대. 그나 그뿐 인가. 어떤 날은 저희끼리 싸움을 하는지 씨름을 하는지 후당탕 하면서 욕지거리, 웃음소리 참 야단이지. 그러다가두 밤중만 되면 고요해지지만 그때면 또 별 괴괴망측한* 소리가 다 들려오대."

박 서방은 여기서 말을 문득 끊더니,

"어때, 재미들 있나?"

하고 좌중*을 둘러보면서 싱글싱글 웃었다.

"정말유 그게?"

웅크리고 앉았던 덜렁이 최 서방은 겨우 숨을 크게 쉬면서 눈을 까불까불하였다.

"그럼 정말 아니구. 내가 그래 자네들을 데리구 실없는* 소리를 하겠나."

하면서 박 서방은 말을 이었다.

"하나 너무 속지들은 말게. 그런 도깨비는 비단 그 빈집에나 진 서방들 혼난 데만 있는 것이 아닐세. 위선* 밤에 동관이나 혹은 종 묘께만 가보게. 시글시글할* 테니."

나의 도깨비 이야기를 하여 의심을 풀려던 나는 박 서방의 도깨

* 괴괴망측하다 말할 수 없을 만큼 이상하다.
* 좌중 모여 앉은 여러 사람.
* 실없다 말이나 하는 짓이 참되지 못하다.
* 위선 우선.
* 시글시글하다 사람이나 짐승 따위가 많이 모여 우글우글 들끓어 시끄럽다.

비 이야기로 하여 그 의심을 더한층 높였을 따름이었다. 더구나 뼈 있는 그의 말과 뜻있는 듯한 그의 웃음은 더한층 알지 못할 수수께끼였다.

"그럼 대체 그 도깨비가 무엇이란 말유?"

"내가 이 자리에서 기다랗게 말할 것 없이 자네가 오늘 저녁에 또 한번 가서 찬찬히 살펴보게. 그러면 모든 것이 얼음장같이……."

할 때에 박 서방의 곁에 시커먼 것이 나타났다.

"무슨 얘기 했소?"

일인 감독의 일할 시간이 왔다는 것을 고하는 듯한 소리였다.

"오소 오소. 일이 해야지."

모두들 툭툭 털고 일어났다.

나도 하는 수 없이 박 서방에게 더 캐묻지도 못하고 자리를 일어나서 나 맡은 일터로 갔다.

그날 저녁이다.

결국 나는 또 한번 거기를 가보기로 작정하였다. 물론 김 서방은 뺑소니를 치고 나 혼자다. 뻔히 도깨비가 있는 줄 알면서 또 가는 사실 속이 켕겼다. 하나 또 모든 의심을 풀어버리고 그 진상을 알려 하는 나의 욕망은 그보다 크면 컸지 결코 적지는 않았다. 나는 장차 닥쳐올 모험에 가슴을 벌떡이면서 발에다 용기를 주었다.

'그까짓 거 여차직하면* 이걸로…….'

하고 손에 든 몽둥이(나는 만일의 경우를 염려하여 몽둥이 하나를 준비하였던 것이다.)를 번쩍 들 때에 나는 저절로 흘러나오는 미소를 금할 수 없었다. 도깨비를 정복하러 가는 유령장군같이도 생각되어서. 사실 한다하는 ×자 놈들이면 몰라도, 무엇을 못 먹겠다고 하필 가난뱅이 노숙자들을 못살게 굴고 위협과 불안을 주는 유령을 정복하여 버리는 것은 사실 뜻있고도 용맹스런 사업일 것이라고 나는 생각하였다.

어떻든 장차 닥쳐올 모험에 가슴을 벌떡이면서 발에다 용기를 주었다.

어두워가는 황혼 속에 음침한 동묘는 여전히 우중충하였다.

좀 이르다고 생각하였으나 나오기를 기다리면 되지 하고 제멋대로 후둑후둑 뛰는 가슴을 가라앉히고 아직도 열려 있는 대문을 서슴지 않고 들어섰다.

중문을 들어서 정전 앞으로 몇 발짝 걸어갔을 때이다.

전날 밤에 나타났던 정전 옆 바로 그 자리에 헙수룩하게 산발한 두 개의 그림자가 있었다. 그러나 나는 벌써 어리석은 전날 밤의 나는 아니었다.

'원 요런 놈의 도깨비가…….'

* **여차직하다** 일이 뜻대로 되지 않다.

몽둥이를 번쩍 들고 사실 장군다운 담*을 가지고 나는 그 자리까지 달려갔다.

하나…….

나의 손에서는 만신*의 힘이 맺혔던 몽둥이가 힘없이 굴러떨어졌다. 유령장군이 금시에 미치광이 광대새끼로 변하여 버렸던 것이다.

'원 이런 놈의…….'

틀림없던 도깨비가 순식간에 두 모자의 거지로 변하다니! 이런 기막힌 일이 어디 있단 말인가.

다음 순간 그 무엇을 번쩍 돌려 생각한 나는 또다시 몽둥이를 번쩍 들었다.

"요게 정말 도깨비 장난이란 거야?"

하나 도깨비란 소리에 영문을 모르는 두 모자는 손을 모으고 썩썩 빌었다.

"아이구, 왜 이럽니까?"

이건 틀림없는 사람의 목소리였다.

"나가라면 그저 나가라든지, 그래 이 병신을 죽이시렵니까? 감히 못 들어올 덴 줄은 알면서도 헐 수 없이……."

• 담 겁이 없고 용감한 기운.
• 만신 몸 전체.

눈물겨운 목소리로 이렇게 사죄를 하면서 여인네는 일어나려고 무한히 애를 썼다. 어린애는 울면서 그를 붙들었다.

역시 광대에 지나지 못한 나는 너무도 경솔한 나의 행동을 꾸짖고 겨우 입을 열었다.

"아니우, 앉아 계시우. 나는 고지기두 아무것두 아니니."

"네?"

모자는 안심한 듯한 동시에 감사에 넘치는 눈으로 나를 치어다 보았다.

"어젯밤에 여기에 아무것도 나오지 않았소?"

무어가 무언지 분간할 수 없는 나는 이렇게 물었다.

"네? 나오다니요? 아무것두 나오지는 않았습니다. 그리구 단지 우리 모자밖에는 여기 아무것두 없었습니다."

여인네는 어사무사하여서* 이렇게 대답하였다.

"그럼 대체 그 불은?"

나는 그래도 속으로 의심하면서 주위로 눈을 휘둘렀다.

"무슨 일이나 생겼습니까? 정말 저희들밖에는 아무것두 없었습니다. 그리구 저희는 저지른 것두 없습니다. 밤중은 돼서 다리가 하두 아프길래 약을 바르려고 찾으니 생전 있어야지유. 그래 그것을 찾누라구 성냥 한 갑을 다 그어 내버린 일밖에는 아무것도 없

• 어사무사하다 생각이 날 듯 말 듯 하다.

었습니다."

하고 여인네는 한쪽 다리를 홀떡 걷었다. 그리고 눈물이 그 다리 위에 뚝뚝 떨어지기 시작하였다.

　나는 모든 것을 얼음장 풀리듯이 해득하기는 하였으나 여기서 또한 참혹한 그림을 보지 않으면 안 되었다. 그의 홀떡 걷은 한 편 다리! 그야말로 눈으로는 차마 보지 못할 것이었다. 발목은 끊어져 달아나고, 장딴지는 나뭇개비같이 마르고, 채 아물지 않은 자리가 시퍼렇게 질려* 있었다.

　"그놈의 원수의 자동차…… 그나마 얻어먹지도 못하게 이렇게 병신을 맨들어놓고……."

　여인네는 울음에 느끼기 시작하였다.

　"자동차에요?"

　"네. 공원 앞에서 그놈의 자동차에……."

　나는 문득 어슴푸레한 나의 기억의 한 귀퉁이를 번개같이 되풀이하였다.

　달포* 전.

　어느 날 밤이었다.

• 질리다　짙은 빛깔이 한데로 몰려서 고르게 퍼지지 못하다.
• 달포　한 달이 조금 넘는 기간.

그날도 나는 이유 없이(가 아니라 바로 말하면 바람 쏘이러) 밤 장안을 헤매고 있었다. 장안의 여름밤은 아름다웠다.

낮 동안에 이글이글 타는 해에 익은 몸뚱어리에 여름밤은 둘 없이 고마운 선물이었다. 여름의 장안 백성들에게는 욱신욱신한 거리를 고무풍선같이 떠다니는 파라솔이 있고, 땀을 들여주는* 선풍기가 있고, 타는 목을 식혀주는 맥주 거품이 있고, 은접시에 담긴 아이스크림이 있다. 그리고 또 산 차고 물 맑은 피서지 삼방*이 있고, 석왕사*가 있고, 이천*이 있고, 원산*이 있다. 그러나 그런 것은 꿈에도 못 보는 나에게는 머루알빛 같은 밤하늘만 치어다보아도 차디찬 얼음 냄새가 흘러오는 듯하였다. 이것만 하더라도 밤 장안을 헤매는 것은 무의미한 일은 아니었다. 게다가 무엇보다도 거리 위에 낮거미* 새끼같이 흩어진 계집의 얼굴……은 사뤄* 분 냄새만 맡을 수 있는 것만 하여도 사실 밤 장안을 헤매는 값은 훌륭히 될 것이었다.

그러나 장안의 여름밤을 아름다운 꿈으로만 생각하는 것은 큰

- **들이다** 식히거나 그치게 하다.
- **삼방** 함경남도 안변군(지금의 금야군) 마상산에 있는 삼방폭포.
- **석왕사** 함경남도 안변군 설봉산에 있는 절.
- **이천** 이천군. 안변군 옆 지역.
- **원산** 원산시. 안변군 윗 지역.
- **낮거미** 납거미.
- **사뤄** 사랑스러워. '사루다'는 '사랑하다'는 말.

실수이다. 거기에는 생활의 무거운 짐이 있다. 잔칫집 마당같이 들볶아치는 야시*에는 하루면 스물네 시간의 끊임없는 생활의 지긋지긋한 그림이 벌어져 있었다. 거기에는 낮과 다름없이 역시 부르짖음이 있고 싸움이 있고 땀이 있었다.

그러나 아무튼지 간에 가슴을 씻겨주는 시원한 맛은 싫은 것은 아니었다. 여름밤은 아름다웠다. 그런고로 나는 공원 앞 큰 행길 옆에 사람이 파도를 일으키면서 요란히 수물거리는* 것은 구태여 볼 것 없이 술김에 얼근한 주객이나 그렇지 않으면 야시의 음악가 깽깽이* 타는 친구를 둘러싸고 있는 것이려니 생각하고,

"홍, 여름밤이니까!"

혼자 중얼거리면서 무심코 그곳을 지나려 하였다.

그러나 사람들의 수물거리는 품이 주정꾼이나 혹은 깽깽이꾼의 경우와는 달랐다. 그리고 무엇보다도,

노자 노자

젊어 노자

먹구 마시구

만판 노자

* **야시** 밤에 벌이는 시장.
* **수물거리다** 한군데 많이 모여 자꾸 움직이다.
* **깽깽이** 해금이나 바이올린.

하는 주객의 노래는 안 들렸다. 그렇다고 밤사람*을 취하게 하는 아름다운 깽깽이 노래도 들려오지는 않았다.

'그러문 대체…….'

나의 발길은 부지중*에 그리로 향하였다.

"머? 겨우 요술꾼 약장수야!"

나는 거의 실망에 가까운 어조로 이렇게 중얼거리고 대수롭지 않은 듯이 발길을 돌이키려 할 때이다. 사람들의 수물거리는 틈으로 나는 무서운 것을 보았다.

군중의 숲에 싸여서 안 보이던 한 채의 자동차와 그 밑에 깔린 여인네 하나를 보았다. 바퀴 밑에는 선혈이 임리하고* 그 옆에는 거지 아이 하나가 목을 놓고 울면서 쓰러져 있었다. '자동차 안에는?' 하고 보니, 아니나 다를까 불량배와 기생년들이 그득하였다.

"오라질* 연놈들!"

"자동찰 타니 신이 나서 사람까지 치니."

"원 끔찍두 해라."

이런 말마디를 주우면서 나는 어느 결에 그 자리를 밀려져 나왔다.

- **밤사람** 밤에만 다니는 사람.
- **부지중** 알지 못하는 동안.
- **임리하다** 피, 땀, 물 따위의 액체가 흘러 흥건하다.
- **오라질** 오라(도둑이나 죄인을 묶을 때에 쓰던 붉고 굵은 줄)에 묶여 갈 만하다는 뜻으로, 미워하는 대상이나 못마땅한 일에 대하여 비난하거나 불평할 때 욕으로 하는 말.

"그래, 당신이 그……."

나는 되풀이하던 기억의 끝을 문득 돌려 이렇게 물었다.

"네, 그렇답니다. 달포 전에 그 원수의 자동차에 치여가지구 병원엔지 무엔지를 끌구 가니, 생전 저 어린것이 보구 싶어 견딜 수 있어야지유. 그래 한 달두 채 못 돼 도루 나오지 않았어요. 그랬더니 이놈의 다리가 또 아프기 시작해서 배길 수 있어야지유. 다리만 성하문야 그래두 돌아댕기면서 얻어먹을 수는 있지만……."

여인네는 차마 더 볼 수 없는 다리를 두 손으로 만지면서 울음에 느꼈다.

나는 그의 과거를 더 캐물으려고도 하지 않았다. 아니 묻지 않아도 그의 대답은 뻔한 것이었다.

'집이 원래 가난했습니다. 그런 데다가 남편이 죽구 나니…….'

비록 이런 대답은 안 할지라도 그 운명이 그 운명이지 무슨 더 행복스런 과거를 찾아낼 수 있었으리오.

나의 눈에는 어느 결엔지 눈물이 그득히 고였었다. '동정은 우월감의 반쪽'일는지 아닐는지는 모른다. 하나 나는 나도 모르는 동안에 주머니 속에 든 대로의 돈을 모두 움켜서 뚝 떨어지는 눈물과 같이 그의 손에 쥐어주었다. 그러고는 아무 말 없이 부리나케 그 자리를 뛰어나왔었다.

이야기는 이만이다.

독자여 이만하면 유령의 정체를 똑똑히 알았겠지. 사실 나도 이제는 동대문이나 동관이나 종묘나 또 박 서방 말한 빈 집터에 더 가볼 것 없이 박 서방의 뼈 있는 말과 뜻있는 웃음을 명백히 이해하였다.

그리고 나는 모두 나와 같은 운명을 가진 애매한 친구들을 유령으로 생각하고 어리석게 군 나를 실컷 웃어도 보고 뉘우쳐 보기도 하였다.

독자여 뭐? 그래도 유령이라고? 그래 그럼 유령이라고 해두자. 그렇게 말하면 사실 유령일 것이다. 살기는 살았어도 기실 죽어 있는 셈이니!

어떻든 유령이라고 해두고, 독자여 생각하여 보아라. 이 서울 안에 그런 유령이 얼마나 많이 늘어가는가를!

늘어간다고 하면 말이다. 또 되풀이하는 것 같지만 첫 페이지로 돌아가서,

'어슴푸레한 저녁, 몇 리를 걸어도 사람의 그림자 하나 찾아볼 수 없는 무인지경인 산골짝 비탈길. 여우의 밥이 다 되어버린 해골 덩이가 똘똘 구르는 무덤 옆. 혹은 비가 축축이 뿌리는 버덩의 다 쓰러져 가는 물레방앗간. 또 혹은 몇백 년이나 묵은 듯한 우중충한 늪가!'

거기에 흔히 나타나는 유령이 적어도 문명의 도시인 서울에 오히려 꺼림 없이 나타나고 또 서울이 나날이 커가고 번창하여 가면

갈수록 유령도 거기에 정비례하여 점점 늘어가니 이게 무슨 뼈저린 현상이냐! 그리고 그 얼마나 비논리적, 마술적 알지 못할 사실이냐! 맹랑하고도 기막힌 일이다. 두말할 것 없이 이런 비논리적 유령은 결코 있어서는 안 될 것이다.

그러면 어떻게 하면 이 유령을 늘어가지 못하게 하고, 아니 근본적으로 생기지 못하게 할 것인가?

현명한 독자여! 무엇을 주저하는가. 이 중하고도 큰 문제는 독자의 자각과 지혜와 힘을 기다리고 있지 않는가!

《노령근해》(동지사, 1931)에 실린 글을 바탕으로 함.

작품 이해하기

이 소설은 1928년 《조선지광》 7월호에 발표되었고, 1931년 이효석의 최초 단편집인 《노령근해》에 수록된 초기작이다. 옳지 못한 현실을 고발하고 올바른 길로 나아가도록 이끄는 데 관심을 두었던 동반자작가로서의 성격이 잘 드러나는 작품이다.

이 소설의 시간적 배경은 1920년대이며, 일제강점기 도시 빈민의 비참한 삶에 대한 연민과 일제의 주도하에 일방적으로 진행된 근대화에 대한 비판적 인식이 담겨 있다. 이효석은 밑바닥 삶을 살고 있는 사람들의 비참한 모습을 보여주며, 이러한 잘못된 현실을 바꿔야 한다고 목소리를 높인다.

이 소설의 내용을 정리해 보면 다음과 같다.

① 도시 노동자의 비참한 삶
② 동묘에서 유령을 목격
③ 다음 날 유령의 정체를 확인하러 감
④ 유령은 달포 전 자동차 사고를 당한 여인임을 확인
⑤ 비극적인 거지 모자의 운명에 대한 작가의 생각

주인공인 '나'는 건축 공사장에서 미장이를 하고 있는 노숙자이며, 하루 일해서 하루 먹고 사는 하층 노동자이다. 어느 날 김 서방과 술 한잔을 한 뒤 동묘 처마 밑에 가서 자려고 하는데 잘 자리가 마땅치 않아 동묘 안으로 들어가게 된다. '나'와 김 서방은 그곳에서 반딧불인지 도깨비불인지 알 수 없는 '유령' 같은 존재를 느끼고는 깜짝 놀라 도망 나온다.

　　다음 날 그것의 정체를 알아보려고 몽둥이를 들고 동묘로 갔는데, 알고 보니 유령의 정체는 가난한 거지 모자였다. 그런 데다 거지 어미는 달포 전 '나'가 목격한 자동차 사고에서 다리를 다친 여인이었다. 가뜩이나 빌어먹고 사는 처지인데, 다리를 다쳐 이제 그마저도 힘들다며 눈물을 흘리는 여인을 보며 '나'는 슬픔과 분노를 느낀다.

　　이 작품은 가난한 사람과 더 가난한 사람들이 점점 더 늘어나고 있는 현실을 거지 모자와 자신이 겪은 일들을 통해 보여주고 있다. 그러면서 이러한 문제를 해결하기 위해서 독자들이 자각하고 지혜와 힘을 모아야 한다고 목소리를 높이며 끝을 맺는다.

　　현실의 문제점이나 계급 의식을 드러내는 것은 이효석의 초기 문학, 즉 동반자작가로서의 작품 경향에 해당한다. 소외된 빈민층의 모습을 사실적으로 드러내어 독자들로 하여금 올바르고 정의로운 사회를 위한 투쟁에 참여할 것을 독려하고 있다.

작품 깊이읽기

유령처럼 살아가는 사람들

죽었지만 온전히 죽지 못한 상태. 유령은 바로 그런 존재이다. 달리 말하면 산 것도 죽은 것도 아닌 상태라 할 것이다. 이는 도시를 떠돌며 하루하루 먹고사는 '나', 다리를 다쳐 얻어먹기도 어려워진 거지 모자의 상태를 비유하는 말이다.

당시는 일제의 토지조사사업과 산미증식계획 등으로 땅을 빼앗기고 먹고 살기 어려웠던 사람들이 일자리를 찾아 도시로 몰려들었다. 하지만 그런 사람들이 많다 보니 일자리를 구하기도 어려웠고, 구한다 하더라도 임금이 턱없이 낮았다. 즉 1920년대 도시는 열악한 환경에서 살아가는 노동자와 일자리도 없이 길거리에 내몰려 살아가는 사람들이 넘쳐나게 된 것이다.

식민지 현실에서 일제가 행한 간섭과 착취와 수탈로 인해 삶의 기반을 잃어버리고 근근이 하루하루를 버텨가던 사람들. 근대화를 구실로 번창해 가던 도시 속에서, 이들은 살아 있지만 사람 취급을 제대로 받지 못하며 살아가는 '유령'과도 같은 존재인 것이다.

현명한 독자여! 무엇을 주저하는가?

이 소설의 마지막 부분에는 이효석의 당시 문학적 경향이 그대로 드러난다. 독자들을 향해 사회 문제를 인식하고 각성해야 한다는 구호를 외치고 있는 것이다.

소설에서 이처럼 독자를 소환하거나 작가의 목소리가 직접적으로 드러나는 경우는 거의 없다. 그럼에도 불구하고 이효석이 이러한 방식을 사용한 것은 민중을 계몽하고 잘못된 사회구조를 바꿔야 한다는 목적의식이 너무나도 강했기 때문일 것이다.

이효석은 유령처럼 살아가는 하층민들의 삶을 다루면서 독자들을 향해 "어떻게 하면 이 유령을 늘어가지 못하게 하고, 아니 근본적으로 생기지 못하게 할 것인가? 현명한 독자여! 무엇을 주저하는가? 이 중하고도 큰 문제는 독자의 자각과 지혜와 힘을 기다리고 있지 않은가!"라고 웅변하듯 호소함으로써 이 문제에 대한 민중의 각성을 촉구하고 문제를 해결하는 데 힘을 모아줄 것을 당부하고 있는 것이다.

약자들끼리의 연대

'나'는 뜨내기 도시 근로자로 잠잘 집도 없이 가난하게 살아가는 인물이다. 그러나 거지 모자의 사연을 듣고 나서 그들에게 연민을 느끼고는 자기 주머니에 들어 있는 돈 전부를 건넨다. 그리고 그 모자가 잘 지내기를 진심으로 바란다.

어느 시대나 가난하고 소외된 사람들은 존재한다. 그들에게 이웃의 따뜻한 관심과 사회적인 복지 제도가 함께한다면 그들이 겪는 어려움이 다소 덜어질 것이다. 그러나 당시는 그러한 것들을 바랄 수 없는 시대였다. 그렇다면 어떻게 해야 할까?

이효석은 민중의 자각과 그들이 지닌 힘과 지혜를 믿는다. '나'가 거지 모자의 삶에 조금이나마 도움을 주려 했던 마음, 이 마음으로부터 민중의 연대는 시작되는 것이다. 그렇게 서로 돕고 문제를 해결할 마음과 생각이 모아진다면, 유령 같은 사람들도 좀 더 나은 삶을 살게 되지 않을까.

도시와 유령

마작 철학

산

메밀꽃 필 무렵

마작 철학

　내리쬐는 복더위*에 거리는 풀잎같이 시들었다. 시들은 거리 가
로수 그늘에는 실업한* 노동자의 얼굴이 노랗게 여위어가고, 나
흘 동안—바로 나흘 동안 굶은 아이가 도적질할 도리를 궁리하
고, 뒷골목에서는 분* 바른 부녀가 별수 없이 백동전* 한 닢에 그
의 마지막 상품을 투매하고,* 결코 센티멘털리즘*에 잠겨본 적 없
던 청년이 진정으로 자살할 방법을 생각하고, 자살하기 전에 그
는 마지막으로 테러리스트 되기를 원하였다.

　도무지가 무덥고 시들고 괴로운 해이다. 속히 해결이 되어야지
이대로 나가다가는 나중에는 종자도 못 찾을 것이다. 이 말할 수
없이 시들고 쪼들려가는 이 거리, 이 백성들 가운데에 아직도 약

- **복더위** 삼복(초복, 중복, 말복) 기간의 몹시 심한 더위.
- **실업하다** 일자리를 잃다.
- **분** 얼굴빛을 곱게 하기 위해 바르는 화장품의 하나.
- **백동전** 백통전. 백통(구리와 니켈을 섞어 만든 은백색 금속)으로 만든 돈.
- **투매하다** 손해를 무릅쓰고 싼값에 팔아버리다.
- **센티멘털리즘** 슬픔, 동정, 연민 따위를 드러내는 감상적 경향.

간 맥˚이 붙어 있는 곳이 있다면 그것은 정 주사˚네 사랑˚일까? 며칠이나 갈 맥인지 모르나 이 무더운 당장에 그곳에는 적어도 더위는 없다. 대신에 맥주 거품과 마작˚과 유흥이 있으니, 내리쬐는 복더위에 풀잎같이 시들은 이 거리 서늘한 이 사랑에서는 오늘도 마작판이 어우러졌던 것이다. 삼 간이 넘는 장간방˚의 사이를 트고 아래위 방에 두 패로 벌린 마작판을 짜고 전당포 홍 전위˚, 정미소 심 참봉,˚ 대서소˚ 최 석사,˚ 자하골 내시 송씨, 그 외에 정체 모를 수많은 유민˚들이 둘러앉아서 때 묻은 마작 쪽에 시들어가는 그들의 열정을 다져서 마작판을 탕탕 울린다.

"펑!"˚

"깡!"˚

- • **맥** 기운이나 힘.
- • **주사** 고을의 벼슬아치.
- • **사랑** 집의 안채와 떨어져 있는, 바깥주인이 거처하며 손님을 접대하는 곳.
- • **마작** 네 사람이 글씨나 숫자가 새겨진 136개의 패를 가지고 짝을 맞추며 진행하는 중국 놀음의 하나.
- • **장간방** 가운데 벽이 없이 탁 트인 긴 방.
- • **전위** 대한제국 때 하위 관직의 하나.
- • **참봉** 조선 시대 종9품 벼슬.
- • **대서소** 남을 대신하여 글을 쓰거나 공문서를 작성하는 일을 하는 곳.
- • **석사** 예전에, 벼슬이 없는 선비를 높여 이르던 말.
- • **유민** 직업 없이 놀며 지내는 사람.
- • **펑** 같은 수 또는 같은 글자의 패를 3개로 만들고 싶을 때 선언하는 것.
- • **깡** 같은 수 또는 같은 글자의 패를 4개로 만들고 싶을 때 선언하는 것.

그러나 흥겨운 이 소리가 실상인즉 헐려가는 이 계급의 단조한° 생활을 상징하는 풀기° 없는 음성으로밖에는 들리지 않았다. 천 끗°에 맥주 한 병씩을 걸고 날이 맛도록° 세월없이 마작판을 두드리는 그들의 기력 없는, 생활의 자멸을 재촉하는 단말마적° 종소리로밖에는 들리지 않았던 것이다.

"펑!"

"깡!"

"홀나!"°

양동이에 얼음을 깨뜨려놓고 그 속에 채운 맥주를 잔 가득 나누고 마작 쪽이 와르르 흩어지니 판은 또다시 시작되었다.

'오늘이나 소식이 있을까.'

판 한 모°에서 대전하고 있던 정 주사는 마작과는 관계없이 딴 생각에 마음을 은근히 앓으면서 홍중° 쪽을 정성스럽게 모아들였다. 그는 끗수의 타산으로가 아니라 본능적으로 어쩐 일인지 홍중

- 단조하다 단순하고 변화가 없어 새로운 느낌이 없다.
- 풀기 활기. 겉으로 드러나 보이는 씩씩하고 활기찬 기운.
- 끗 투전이나 화투에 쓰이는 말인데, 여기서는 마작의 점수를 세는 말로 쓰인 듯함.
- 맛다 '맞다', 즉 '마치다'의 뜻으로 쓴 듯함.
- 단말마적 숨이 끊어질 때처럼 몹시 고통스러운.
- 홀나 14개의 패를 완성했을 때 외치는 말. '올라' 혹은 '쏘아'라고도 함.
- 모 구석이나 모퉁이.
- 홍중 마작 패 가운데 붉은색으로 '中'이라는 한자가 쓰인 패.

68

을 좋아하고 백(白)판*을 극도로 싫어하였다. 홍중으로 방을 달면 길하고 백판으로 달면 흉하다는 이 비논리적 저 혼자의 원리에 본능적으로 지배를 받으면서 이것으로써 은근히 마음먹은 일을 점치던 것이다. 그 심리는 마치 연애에 빠진 계집아이가 이기든지 말든지 간에 남몰래 트럼프의 화투장을 정성껏 모아들이는 그 심리와도 흡사하였다.

정 주사는 오늘도 아들의 편지를 고대하면서 홍중으로 방 짜기에 애를 썼다. 그러나 재수 없는 백판만 여러 쪽 들어오고 홍중은 판판이 한 쪽도 들어오지는 않았다. 그래도 그는 추근추근히* 세 쪽이나 들어온 백판을 헐어내 버리면서도 수중에 한 쪽도 없는 홍중을 한 장 두 장 판에서 모아들이기에 헛애를 썼다. 결과는 방 달기가 심히 늦고 남이 벌써 '홀나!'를 부를 때에도 그는 방은커녕 엉망진창인 수많은 마작 쪽을 가지고 미처 주체를 못 해서 쩔쩔매었다. 그러나 물론 그는 '홀나!'를 바라는 바도 아니요 맥주를 아끼는 터도 아니었다. 다만 홍중으로 훌륭하게 방 한 번 달기가 원이었다. 그러나 종일 마작판을 노려도 홍중은 안 들어오고 편지는 안 오고…… 그의 마음은 말할 수 없이 우울하였다.

"에, 화난다!"

* 백판 마작 패 가운데 흰색으로만 채워진 패.
* 추근추근히 성질이나 태도가 끈질긴 모양.

마음 유하게* 판에 앉았던 정 주사도 나중에는 화가 버럭 나서 마작 쪽을 던지고 벌떡 자리를 일어났다.

"운송(정 주사의 호), 요새 웬일이오?"

같이 놀던 친구들은 정 주사의 은근한 심정은 모르고 그의 연패하는 것이 보기 딱해서 그의 손속* 없는 것을 민망히 여겼다.

"최 석사, 대신 들어서시오."

옆에서 바라보고 있던 최 석사에게 자리를 사양하고 정 주사는 윗목에 서 있는 넓은 침대에 가서 몸을 던지고 마작 소리를 옆귀로 흘리면서 자기 스스로의 생각에 잠겼던 것이다.

정 주사의 사랑하는 외아들이 일확천금을 꿈꾸고 새 실업* 꾀하여 동해안으로 떠난 것은 벌써 작년 봄이었다. 대학을 마친 풋지식을 놀려두기보다는 아버지의 뜻을 이어 수년 전부터 동해안 일대에 왕성히 일어난 정어리업에 기울였던 것이다. 바다 일이라는 것이 항상 위험하기는 위험한 것이나, 천여 석지기의 자본을 시세 좋은 정어리업에 들이밀면 만금이 금시에 정어리 쏟아지듯 쏟아질 것이라고 생각한 그는 대번에 삼백 석지기가 넘는 옥토를 은행에 잡히고 이만여 원의 자본금을 낸 것이다.

십여 척의 어선과 어부를 사고 수십 채의 그물을 사고, 해변에

• 유하다 부드럽고 순하다. 걱정이 없다.
• 손속 노름할 때에, 힘들이지 않아도 손대는 대로 잘 맞아 나오는 운수.
• 실업 사업.

공장을 세우고, 기름 짜는 기계를 설치하고, 공장 노동자와 수백여 명의 능률 노동자*를 써가면서 시작하였던 것이다. 얼떨떨한 흥분과 모험감으로 일 년 동안을 계속하여 분주한 어기(漁期)*를 지내놓고 연말에 가서 이익을 타산하여 보았을 때에 웬일인지 예측과는 딴판으로 수지*가 가량없이* 어긋났다. 결국 이만여 원을 배와 공장에 곱게 깔아놓았을 뿐이요 한 푼의 이익도 건지지는 못하였던 것이다. 그러나 첫술에 배부른 법 없는지라, 첫 사업의 첫 해인 만큼 모든 실패를 서투른 수단과 노련치 못한 풋지식의 탓으로 돌려보내고 금년에는 일 년 동안에 얻은 경험을 토대로 사업을 확대하여 또 삼백여 마지기의 옥토를 같은 은행에 잡히고 이만여 원을 내서 배를 늘리고 공장을 늘려서 한층 더 큰 규모로 일을 시작하였다. 그러나 뉘 알았으랴, 금 해금*이 단행되고 금융계와 모든 사업계에 침체가 오자 무서운 불경기의 조수는 별수 없이 정어리업에까지 밀려오고야 말았다.

물화 상통*과 금전 융통의 길이 끊어지니 정어리의 시세는 대중

- **능률 노동자** 일정한 시간 동안 일하는 노동자.
- **어기** 고기를 잡는 시기.
- **수지** 거래 관계에서 얻는 이익.
- **가량없이** 어림짐작도 힐 수 없을 만큼 심할 정도로.
- **금 해금** 금 수출 금지를 해제하여 금화나 금괴를 자유롭게 수출할 수 있게 하는 일.
- **물화 상통** 물품과 재화가 서로 통함.

없이 폭락되었다. 닷 말*들이* 한 자루에 2원 60전 하던 정어리가 금년에 들어와서는 1원 30전으로 폭락되고, 기름 한 통에 2원 80전 하던 것이 금년에는 1원 50전으로, 정어리 비료 한 관* 시가 5원이 2원 50전으로…… 도대체 반값으로 폭락되었다. 이 대세는 도저히 막아내는 장사가 없었다.

정 주사는 앞도 못 내다보고 공연히 사업을 확대한 것을 후회하였다. 그러나 저질러놓은 것을 이제 와서 한탄한들 무슨 소용이 있으리오. 흥하든 망하든 하는 데까지는 해보아야 할 것이다. 다만 한 가지 애처로운 것은 그의 아들의 고생하는 꼴이었다. 유약한 몸으로 편안한 집을 떠나 낯선 해변에 가서 폭양*에 쪼여가면서 갖은 신고*를 다 하리라고 생각하매 아버지의 마음은 한시도 편한 적이 없었다. 자기 혼자 시원한 사랑에서 친구들과 맥주 내기 마작을 울리는 것이 죄스럽게도 생각되었다. 게다가 요사이는 어찌 된 일인지 아들에게서 한 장의 소식도 없었다.

이 어려운 시세*에 고기라도 많이 잡혀야 할 터인데 과연 많

- 말 곡식, 액체, 가루 따위의 부피를 재는 단위. 한 말은 한 되의 열 배로 약 18리터에 해당한다.
- 들이 '그만큼 담을 수 있는 용량'의 뜻을 더하는 접미사.
- 관 무게의 단위. 한 관은 한 근의 열 배로 3.75kg에 해당한다.
- 폭양 뜨겁게 내리쬐는 햇볕.
- 신고 어려운 일을 당하여 몹시 애씀. 또는 그런 고생.
- 시세 그 당시의 형세나 세상의 형편.

이 잡히는지, 배와 공장에도 별 고장이 없는지, 더위에 몸도 성한지…… 모든 것이 퍽도 궁금하였다. 봄에 잠깐 집에 왔다 간 지 벌써 넉 달이나 되었으니, 이 여름에 또 한 번쯤 다녀가도 좋으련만, 이 바쁜 시절에 그것도 원하기 어려운 일이었다.

이래저래 정 주사는 요사이 매우 걱정이다. 마작의 홍중을 모아 친구 몰래 은근히 점쳐보았으나 오늘도 역시 길패*는 얻지 못하였던 것이다.

침대에 누운 정 주사는 괴로운 심사와 가지가지의 무거운 생각을 이기지 못하여 바로 누웠다 돌아누웠다 하면서 긴 한숨을 내쉬었다.

"펑!"

"홀나!"

어우러진 두 패의 마작판에서는 마작 울리는 소리가 맹렬히 들렸다.

'밤이나 낮이나 모여서 펑들만 찾으니 우리네 살림에도 머지않아 펑*이 날 것이다!'

침대 위에서 마작에 열중된 친구들을 내려다보는 정 주사에게는 돌연히 이런 생각이 떠올랐다. 그 순간 가련한 친구들과 자기

• 길패 운이 좋거나 일이 잘 풀릴 조짐을 나타내는 패.
• 펑 앞의 마작 용어와는 달리, 구멍이 뚫리거나 무언가가 터지는 소리를 나타내는 말.

자신의 자태가 머릿속에 전광적으로* 번쩍였다.

'오, 악몽이다!'

정 주사는 우연한 이 생각에 전율하고 불길한 환영을 떨쳐버리려고 애쓰면서 돌아누워 시선을 문득 푸른 하늘로 옮겨버렸다.

종일 동안 들볶아치던 포구는 밤이 되니 낮 동안의 소란과는 반비례로 심히 고요하였다. 하늘도 어둡고 바다도 어둡고 뾰족한 초승달이 깊은 하늘에 간드러지게 걸리고, 언덕 위에 우뚝 서 있는 정어리공장 사무소 창에서 흐르는 등불이 어두운 해변의 한 줄기의 숨소리와도 같다. 규칙적으로 몰려오는 파도의 소리가 쇄— 쇄— 들려올 뿐이다.

'정구태 온어(溫漁)공장 사무소'라고 굵게 쓰인 간판 달린 언덕 위의 공장 사무소 안에는 젊은 주인공이 등불을 돋아놓고 이슥하도록 장부 정리에 열중하고 있다. 옆방 침실에서는 공장의 감독 격으로 있는 최군과 서기 격으로 있는 박군의 코 고는 소리가 높이 들렸다. 코 고는 소리에 이끌려 건듯하면 저절로 내려감기는 두 눈을 비벼가면서 낮 동안의 피곤도 무시하여 버리고 그는 장부 정리에 열중하였다. 장부의 숫자를 대조하여 가는 동안에 정신도 차차 맑아갔다.

* **전광적으로** 번갯불처럼. '전광'은 '번개가 칠 때 번쩍이는 빛'.

등불에 비치는 그의 얼굴은 검어 무뚝뚝하게 보였다. 그러나 그 것도 원래 그런 것이 아니라 이태 동안이나 해변에 서서 바닷바람 과 폭양을 쏘였음으로였다.

연전에* 서울 있어서 카페에나 돌아다니고 기생들과 자동차나 몰고 할 때에는 그도 얼굴빛 희고 기개 높은 청년이었다. 그것이 두 해 여름이나 해변에서 그을리고 타고 하는 동안에 이렇게 몰라 볼 만큼 풍골*이 변하였던 것이다. 카페에서 술 마시면 울고 기생 앞에서 발라맞추던* 연약하던 그의 성격도 껄끄러운 뱃사람들과 접촉하는 동안에 어느덧 굵직하고 거칠게 변하였던 것이다.

장부에 가늘게 적힌 숫자와 주판* 위에 나타나는 액수를 비교하 여 가는 그의 얼굴은 차차 흐려지고 암담하여 갔다.

'괴상한 일이다!'

까만 주판알을 떨어버리고 다시 놓고 또다시 놓아보아도 장부 의 숫자와는 어림없이 차가 났다.

'이 숫자의 차는 어데서 생겨났는가?'

이것을 궁리하기보다도 그는 먼저 이 너무나 큰 차이에 다만 입 을 벌리고 놀랐다. 그러나 주판에 나타난 수는 엄연히 그를 노렸다.

* **연전에** 몇 해 전에.
* **풍골** 풍채와 골격. 겉모양과 뼈대.
* **발라맞추다** 말이나 행동을 남의 비위에 맞게 하다.
* **주판** 셈을 하는 데 쓰는 기구의 하나.

작년 봄 사업을 시작하기 전에 조용한 그의 서재 책상 위에서 주판을 잘각거리고 장래를 응시하였을 때에 그의 얼굴에는 상기된 미소가 떠올랐다. 서재 책상 위에서 잘각거리는 주판은 미인의 눈맵시와도 같이 사람을 항상 황홀케 하는 법이다. 뜨거운 차에 혀를 꼬부리는 그의 얼굴에는 홍분된 혈색이 불그스름하게 빛났으니, 주판의 까만 알이 화려한 그의 미래를 약속하였기 때문이다. 성공―일확천금, 사치한 문화주택*, 피아노, 자가용 고급차 하드손* 한 대. 당당한 청년 실업가 화려한 꿈의 전당이 그의 머릿속에 끝없이 전개되었다.

그러나 주판의 농간을 그 어찌 알았으랴.

서재 책상의 주판은 그를 온전히 속여버리고야 말았던 것이다. 일 년 전에 그를 황홀케 하던 주판은 이제 이 해변 사무소에서 그를 비웃고 있다. 끝없이 화려하게 전개되던 꿈의 전당은 이제 그의 눈앞에서 와르르 헐어져 버렸던 것이다. 그뿐 아니다. 파산, 몰락, 장차 닥쳐올 비참한 이 과정이 그의 눈앞을 캄캄하게 가리었다.

그는 장부와 주판을 던져버리고 책상에서 머리를 들고 몸을 펴서 교의*에 지그시 전신을 의지하였다. 눈앞에는 창밖으로 캄캄한 어둠만이 내다보였다.

* 문화주택 일제강점기에 지어진 서양식 주택.
* 하드손 허드슨. 1909년에 창립된 미국 자동차 회사에서 만든 자동차.
* 교의 등받이가 있는 의자의 한 종류.

'나의 앞길도 이렇게 어두우렷다!'

하는 생각에 잠겼는지 그는 뚫어져라 하고 어둠 속을 바라보았다. 그러나 결국 보이는 것은 어둠뿐이요, 들리는 것은 늠름한 파도 소리와 옆방에서 나는 최군과 박군의 코 고는 소리뿐이었다. 일 년 전의 그 같으면 이 애타는 마음에 울었을 것이다. 그러나 이제 그는 못생기게 울지 않았다. 이것 하나가 바다에 와서 얻은 득이라면 득일까.

창밖에서 시선을 옮기고 그는 교의를 일어서서 담배를 태워 물고 잠 안 오는 울울한* 마음에 사무소를 나왔다.

언덕을 내려서 해변으로 걸어가는 그의 다리는 맥없이 허전하였다.

기울어진 초승달 밑에서 사만 금을 집어삼킨 검은 바다는 탐욕의 괴물같이 이빨을 갈면서 그를 향하여 으르렁거렸다.

일순 그는 불쾌하여서 바다에서 몸을 돌려 포구를 향하였다. 잠들어 고요한 포구는 그를 대하여 으르렁거리지는 않았다. 그러나 거기에도 그의 적은 기다리고 있으니, 그를 상대로 살아가는 수백 명의 부녀 노동자들과 공장 노동자는 임금 문제로 그와 다투었다.

그는 마지막으로 하늘을 우러렀다. 그러나 하늘 역시 그에게는 적이었다. 북으로 모여드는 검은 구름—언제 쏟아질지 모르는 위

---

* 울울하다 마음이 상쾌하지 않고 매우 답답하다.

험한 날씨이니 한바탕 장황히 쏟아지기만 한다면 정어리가 바다에서 끓는다 하더라도 배는 낼 수 없는 터이다.

하늘을 우러러도, 바다를 향하여도, 포구를 대하여도 어느 것 하나 그에게 적 아닌 것이 없다. 그리고 이 모든 적의 배후에는 시세의 농간을 부리는 더 큰 괴물이 선웃음* 치고 있는 것을 그는 당장 눈앞에 보는 듯하였다. 이 모든 적을 상대로 싸워나갈 생각을 하니 앞이 아득하였다. 그러나 이제 이대로 주저앉을 수는 없는 터이니 싸울 데까지는 싸워나가야겠다고 그는 이를 갈고 지독한 결심을 하였다.

촉촉한 모래를 밟으며 으슥한 해변을 거니는 그에게는 낮 동안에 무심하던 해초 냄새가 이제 새삼스럽게 신선하게 흘러왔다. 신선한 해초 냄새에 그는 문득 오래간만에 건강한 성욕을 느꼈다. 서울에 멀리 떨어져 있는 아내의 생각이 간절히 났다. 뒤를 이어 오랫동안 소식 안 보낸 아버지의 생각도 났다.

해변의 낮은 길고 북국의 바다는 쪽잎같이 푸르다. 푸른 바다를 향하여 반원형으로 열린 포구는 푸른 생활을 싣고 긴 하루 동안 굿을 하듯이 들볶아친다.

바닷물 찰락거리는 넓은 백사장. 그곳은 포구 사람들의 살림터

---

* 선웃음 우습지도 않은데 꾸며서 웃는 웃음.

요 아울러 싸움터이니 거기에서 그들은 종일 동안 부르짖고, 땀 흘리고, 청춘을 허비하고, 죽음을 기다리고, 일생을 계산한다.

무거운 해와 건강한 해초의 냄새를 맡으면서 적동색으로 그을은 수백여 명의 부녀 노동자는 백사장 군데군데에 떼를 짓고 정어리 배가 들어오기를 초조히 기다렸다. 배가 들어와야 그들에게는 할 일이 생기는 것이니, 어부가 잡아들인 정어리를 그물코에서 따서 어장에까지 나르는 것이 곧 그들의 노동인 것이다.

"어째 배가 애이(아니) 들어오?"

"마……."

"저게 들어옴네. 우승기 날리며 배 들어옴네."

"옳고 옳소!"

먼 수평선 위에 나타난 검은 일점을 노리던 수백의 눈은 일시 빛나고 백사장에는 환희와 훤조°가 끓어올랐다.

검은 일점이 그의 정체를 드러내놓기에는 꽤 긴 시간이 걸렸다. 거의 반 시간이 넘어서야 그럴듯한 선체와 붉은 돛과 선두에 날리는 우승기가 차차 드러났다. 남풍에 휘날린 붉은 돛을 감아 내리더니 배는 노를 저어 포구로 향하였다. 선두에는 우승기 외에 청기 홍기가 휘날렸다. 청기 홍기는 어획의 풍산°을 의미하는 것이

• **훤조** 시끄럽게 지껄이며 떠듦.
• **풍산** 풍부하게 생산됨.

니 백사장에는 새로운 환희의 소리가 높이 났다.

"뉘 배요?"

"명팔이 배 애이요."

"저—기, 또 배 들어오."

"저거 애이요. 하나 둘 서 너……."

"야—"

수평선 위에는 연하여 검은 점이 나타나더니 그것이 차차 커지며 일정한 거리에 와서 일제히 돛을 내리고 굵은 노를 저으면서 역시 포구를 향하여 일직선을 그었다.

기다리던 배가 들어옴을 볼 때에 정구태 공장 사무소에서도 각각 출동의 준비를 하였다.

젊은 공장주도 어젯밤 우울은 씻어버린 듯이 새로운 기쁨을 가지고 밀짚모자를 쓰고 고무장화를 신었다.

박과 최를 거느리고 사무소를 나와 언덕을 내려왔을 때에 배는 쌍쌍이 뒤를 이어 포구 안에 일렬로 노를 저었다.

배는 말할 것도 없이 거의 모두 구태네 배였다. 그는 금년 봄에 사업을 확장할 때에 그의 영업 정책상 포구 안에 산재하여 있는 수많은 군소* 어업자의 태반을 매수하고 배와 공장을 거의 독점하다시피 하여 버렸던 것이다. 따라서 이 포구 안의 정어리 업자라

---

* 군소 규모가 그다지 크지 않거나 잘 드러나지 않는 여러 개를 이르는 말.

면 정구태가 첫손가락에 꼽혔고, 백사장에 모이는 주인 없는 수백여 명의 부녀 노동자들도 기실은 정구태에게 전속하여 있는 셈이었다.

"공장주 나옵네."

떠들고 뒤끓던 부녀 노동자들은 젊은 공장주를 위하여 길을 틔었다.

그들 사이에는 형언하기 어려운 기쁨이 떠돌았다. 그것은 배가 들어오기 때문이다. 날마다 몇 차례씩 당하는 일이지만 이것뿐만은 언제든지 변치 않고 일어나는 것이니, 해변 사람 아니면 맛볼 수 없는 기쁨이다. 허연 고기를 배 속에 그득히 잡아 싣고 순풍에 돛을 달고 쌍쌍이 노를 저어 들어올 때 그것은 서로 이해관계는 다를지라도 뱃사람 자신들에게나 공장주에게나 부녀 노동자들에게나 똑같은 기쁨을 가져왔다. 생산의 기쁨이라고 할까—속일 수 없는 기쁨이다.

포구 안에 들어온 배가 차례차례로 해변 모래 기슭에 바싹 대었을 때에 그들은 벌떼같이 일제히 그리로 몰렸다.

검붉게 탄 웃통을 드러내는 뱃사람들은 배에서 내려서 밧줄을 모래밭 기둥에 든든히 매놓고 모래 위에 부대 조각, 멱서리* 조각 등을 널찍하게 펴고 배와의 사이에 널판으로 다리를 놓고 그 위로

• **멱서리** 짚으로 날을 촘촘히 결어서 만든 그릇의 하나. 주로 곡식을 담는 데 쓰인다.

고기 달린 그물을 끌어내려 육지로 옮겼다. 한데 이은 여러 채의 그물이 한 줄에 달려 내려와서 부대 조각 위에는 허연 고기의 산을 이루었다. 이 고기 더미를 둘러싸고 부녀 노동자들은 그 주위에 각각 알맞은 곳을 차지하고 볼 동안에 원을 그렸다.

부녀 노동자 가운데에는 열두어 살씩 먹은 소녀가 가장 많으나 그 외에 십칠팔 세 되는 처녀도 있고, 삼십을 넘은 부녀도 있고, 혹은 육십 가까운 노파도 섞여 있었다. 그들은 순전히 일한 분량에 의하여 임금을 받는 것이니, 즉 그들은 대개 동무들과 몇 사람씩 어울리거나 혹은 두 모녀가 어울려서 함지에 고기를 따 담아가지고 감독 있는 어장까지 날라서 큰 나무통에 한 통씩 채우는 데 대개 15전씩의 임금을 받으니, 이것을 어울린 동무들과 똑같이 분배하는 것이다.

그러니 배가 잘 들어오고 고기가 잘 잡혀서 하루 종일 일하게 된다 하여도 한 사람 앞에 불과 몇십 전의 임금밖에는 배당되지 않는 것이다. 그러므로 순전히 이것으로 생활을 도모하여 나가는 그들에게는 한 푼이 새롭고 아까운 것이다. 그들은 될 수 있는 대로 능률을 올려서 서로 다투어가면서 재치 있게 부랴부랴 일을 하는 것이다.

여섯 척의 배에서 내린 여섯 개소의 그물 더미로 각각 분배되니 수백여 명의 노동자는 거의 다 풀렸다. 백사장 위에 일렬로 뭉친 여섯 개의 떼는 꿀집을 둘러싼 여섯 개의 벌떼와도 흡사하였다.

그들은 이렇게 쉽게 여섯 개소로 뭉치기는 뭉쳤으나 일은 즉시 시작하지 않았다. 오늘은 일을 시작하기 전에 기어이 공장주와 따질 일이 있었으니, 그것은 임금 문제였다. 이때까지 한 통 임금 15전씩 하던 것을 5전을 내려 10전씩을 공장주 측에서 며칠 전부터 굳게 주장하여 나중에는 어업조합에까지 걸어서 결정적 시행을 보게 되었던 것이다. '정어리 시세가 떨어졌으므로'라는 당연한 이유를 내세우나 이 당연한 이유가 부녀 노동자들에게는 곧 주림을 가져온다는 것을 공장주도 모르는 바 아닐 것이다. 그들은 하는 수 없이 며칠 동안 10전 임금에 복종하여 왔으나 그것으로 인하여 현저히 생활에 위협을 받는 그들은 더 참을 수 없어서 오늘은 공장주와 철저히 따져볼 작정이었다. 비록 아직 통일적 행동으로 동원되도록 조직은 못 되었으나 그들은 똑같은 항의를 다 같이 가슴속에 감추어 있었던 것이다.

"오늘은 한 통에 엄매요(얼마요)?"

그들은 공장주를 붙들고 임금 결정을 요구하였다.

"조합에서 작정한 것이 있지 않소. 10전이요 10전."

젊은 공장주의 태도는 퍽도 뻑뻑하였다.

"10전 아이 되오."

그들은 이구동성으로 항의하였다.

"이 무서운 세월에 10전도 과하오."

"야! 이 나그네. 10전 통에 이 숱한 사람이 굶는 줄은 모르는가!

83

5전 더 낸다고 당신네야 곧 굶어 죽겠슴나?"

"굶든지 말든지 조합에서 정한 것을 내가 어떻게 안단 말요."

"조합놈 새끼들 마사놓겠다*!"

수백 명은 일시에 소란하여지면서 분개하였다.

"자, 어서들 일이나 하시오."

"15전 아이 주면 아이 하겠소."

"일하기 싫은 사람들은 그만두시오."

"옳소! 그만두겠소꼬. 누가 꿀리나 두고 봄세. 야들아, 오늘은 일들 그만두어라!"

극히 간단하였다. 공장주의 거만한 태도에 분개한 그들은 둘러 쌌던 원을 풀면서 벌떼같이 어지럽게 백사장에 흩어졌다.

"일하는 년들 썩어진다*!"

집안 형편이 하도 딱해서 그런대로 여기서 일하여 볼까 하던 부녀들도 이 위협의 소리에 겁이 나서 자리를 비실비실 떠나버렸다.

노동자가 헤져버린 백사장에는 손대지 않은 여섯 개의 그물 더미가 노동자를 기다리면서 우뚝우뚝 서 있을 뿐이다.

그들의 집단적 행동에 공장주는 새삼스럽게 놀랐다. 이렇게 뻣뻣하게 나올 줄은 예측하지 못하였던 것이다. 그들을 다시 부르자

* **마사다** 짓찧어서 부서뜨리다. 옛말인 'ᄆᅀᆞ다'에서 온 말.
* **썩어지다** 아주 지독하거나 심하게 되다.
* **헤지다** 헤어지다.

니 같지않고, 그들 대신에 새 노동자를 불러들이자니 이 포구 안에서는 불가능한 일이요…… 그는 어쩔 줄 모르고 황망히 날뛰었다.

그날 저녁 야학은 다른 때보다 일찍이 끝났다.

맨 뒷줄에 앉아 하루 동안의 피곤을 못 이겨 공책 위에 코를 박고 있던 순야는 소란한 주위의 이야기 소리에 문득 눈을 떴다. 백여 명의 학생들(이라고 하여도 십여 명의 사내아이를 제하면 전부가 낮 동안에 해변에서 볶아치던 부녀 노동자이었다.)은 공책을 덮고 자리에서 수군거렸다.

— 우리는 왜 가난한가?

— 정어리 삯전 10전 절대 반대

— ……

국문으로 칠판 위에 크게 쓰인 이 토막토막의 글을 순야는 눈을 비벼가면서 공책 위에 공들여 베꼈다. 국문을 가제° 깨친 그는 이 단순한 글줄을 읽고 쓰는 데 5분이 넘어 걸렸다.

"그럼 이 길로 바로 장개 앞 해변으로들 모이시오."

순야가 칠판의 토막글을 다 베끼고 나자 강 선생은 그들에게 이

• 가제 갓. 이제 막.

렇게 분부하였다. 그가 졸고 있는 동안에 무슨 이야기가 있었는지, 별안간 장개 해변으로 모이라는 이 분부에 순야는 영문을 몰랐다. 그러나 소란한 이 자리에서 그는 어쩐지 알 수 없이 가슴이 울렁거렸다.

백여 명의 야학생들은 제각각 감동과 흥분을 가지고 교실을 나와 마당에 쏟아졌다. 그들은 한 사람도 빼놓지 않고 즉시 장개 해변으로 향할 생각이었다. 강 선생의 명령이라면 절대로 복종이었다. 그만큼 그들은 어디서 들어왔는지 고향조차 모를 강 선생을 퍽도 존경하고 사모하였다.

눈이 매섭고 영악한 한편에 강 선생은 학생들에게는 극히 순하고 친절하고 의리가 밝았다. 어디로부터서인지 돌연히 이 포구에 나타난 지 벌써 일 년이 넘도록 그는 한 푼의 이해관계도 없는 수많은 그들을 모아놓고 충실히 글을 가르쳐주어 왔다. 그는 어쩐지 조합 사람이나 면소° 사람들과보다도 뱃사람이나 노동자들과 더 친하게 굴었다. 새빨간 표지의 툽툽한 책과 깨알 쏟듯한 꼬부랑 양서를 열심으로 공부하는 반면에 그는 간간이 해변에 나와 바람을 쏘이며 이런 사람들과 오랫동안 여러 가지 이야기에 잠길 때가 많았다. 그리고 밤만 되면 학생들을 모아놓고 열심으로 글을 가르쳐주었던 것이다. 어느 모로 뜯어보든지 이런 촌구석에 와서

• 면소 면사무소.

박혀 있을 사람이 아닌 이 정체 모를 강 선생은 그들에게는 알지 못할 수수께끼였다. 그는 가령 말하면 젊은 공장주 정구태와 같이 이 포구로 돈 벌러 온 것은 아니다─그들 중에 어떤 사람은, 아무 관련도 없으나 가끔 이렇게 강 선생과 공장주를 비교하여 보았다. 한 사람은 그들을 위하여 주고, 한 사람은 그들을 얼리고* 빼앗아 간다. 즉 강 선생은 그들의 동무요 정구태는 그들의 원수이라─고 그들은 생각하고 판단하여 왔던 것이다.

순야는 이제 이렇게 강 선생에 대한 가지가지의 생각에 잠기면서 동무들과 휩쓸려 고요히 잠든 포구의 앞 모래밭을 지나 약 3마장*가량 되는 장개고개로 향하였다.

"진선아, 이 밤에 장개에 가서 무스거 한다디?"

길 가운데서 순야는 동무에게 물어보았다.

"너 괴실(교실)에서 선생님 말 아이 들었니? 정어리 삯전 올릴 운동을 한다더라."

"운동이 무스기야?"

순야는 '운동'이라는 말의 뜻을 몰랐다.

"정어리 뜯는 삯전을 요즈막에 10전씩 아이 했니? 그것을 되로 15전씩으로 올려달라고 재주(공장주)와 괴섭(교섭)하기로 했단다."

---

* 얼리다 속이다.
* 마장 거리의 단위. 오 리나 십 리가 못 되는 거리를 이를 때, '리' 대신 쓰인다. 10마장이 약 1리인 390미터 정도의 거리이다.

"재주가 워 장개에 있다디?"

"재주에게는 내일 말하기로 하고 오늘은 장개에 가서 우리끼리만 의논한단 말이다. 나래(이따가) 가보면 알 일이지."

동무의 설명에 순야는 이 밤에 장개로 가는 목적이 대강 짐작되었다. 그리고 아까 칠판에 쓰였던 토막글의 뜻도 알 듯하였다. '정어리 삯전 10전 절대 반대'의 '절대 반대'라는 말을 그는 몰랐던 것이다. 이제 대강 그 뜻이 짐작되었던 것이다.

어지러운 발소리를 고요한 밤하늘에 울리면서 흥분된 일단이 장개고개를 넘어서니 먼 어둠 속에 장개의 작은 마을이 그럴 듯이 짐작되었다. 고개 밑 넓은 해변 모래밭에서는 붉은 횃불이 타올랐으니, 그곳이 곧 그들의 목적하고 온 곳이다. 파도 소리 은은한 캄캄한 해변에 붉게 타오르는 횃불을 멀리 바라볼 때에 그들의 가슴은 이유 모를 감격에 울렁거렸다. 오늘 밤에는 파도 소리조차 유심히도 은은하다.

고개를 걸어 내려 모래밭까지 다다랐을 때에 그곳에는 벌써 횃불을 둘러싸고 백여 명의 동무들이 모여 있었다. 그들은 야학생들뿐이 아니라 낮 동안에 해변에 나와 같이 일하는 부녀 노동자들의 거의 전부가 망라되어 있었던 것이다. 강 선생도 물론 벌써 와 있었고, 그뿐 아니라 역시 정구태 공장에서 일하는 군칠이나 중실이, 그 외 그들과 같이 일하는 여러 명의 남자 노동자들도 와 있었다. 전부 이백여 명이 넘는 그들은 횃불을 중심으로 모래밭 위에 첩첩이 둘러앉았다.

"올 사람 다들 왔소?"

바로 횃불 밑에 선 강 선생은 좌중을 휘돌아보고 말을 이었다.

"밤이 이슥한데 미안은 하나 오늘 이곳까지 이렇게 모이게 한 것은 다른 것이 아니라 여러분에게 있어서 가장 시급하고 중대한 정어리 삯전 문제에 대하여 의논하고 앞으로 밟을 길을 작정하려는 생각으로였소."

이것을 서언으로 하고 그는 숨을 갈아 쉬더니 단도직입적으로 용건에 들어갔다.

"공장에서 일하는 분은 나중으로 밀고 정어리 따는 이들 중에 한 통 10전에 반대하는 이들 손들어 보시오!"

말이 떨어지기도 전에 수많은 손이, 한 사람도 남기지 않고 그들은 다 손을 들었고, 가운데에는 두 손을 한꺼번에 든 사람도 있었다. 그럴 줄 모르고 강 선생이 이 어리석은 질문을 한 것은 아니었다. 일하여 나가는 순서상 그들의 다짐을 더 한번 굳게 하려고 그렇게 질문한 것에 지나지 않았다.

"손들 내리시오."

"10전 삯전에는 절대로 반대합시다. 대체 남의 사정 모르는 것은 재주이니 아무리 시세가 폭락하였다 할지라도 어디서 ㄱ 벌충*

• **벌충** 손실이나 모자라는 것을 보태어 채움.

을 못 대서 하필 가난한 노동자들의 간지러운 삯전을 줄여버리니, 이 얼마나 더럽고 추잡한 짓이오? 그의 욕심은 만금을 벌자는 무도한˚ 탐욕이요, 여러분의 욕심은 다만 그날그날 목숨을 이어가자는 정당한 요구가 아니오? 시세의 폭락도 그에게는 다만 만금을 못 벌게 하는 폭락이지만 5전 삯전 내리는 것은 여러분에게는 곧 죽음을 가져오는 것이 아니오? 이 가련한 노동자의 사정을 못 살피고 가증스런 재주 편에만 가담하여 그의 말만 솔곳이˚ 듣고 수백 명의 삯전을 멋대로 작정하는 어업조합 놈들도 죽일 놈이요. 이것은 참으로 노동자의 이익을 위한 우리들의 조합이 아니기 때문이오. 여러분! 여러분은 재주와 같이 이 조합에도 철저히 대항하여야 되오!"

알아듣기 쉽게 말하자고 애쓰면서도 그는 이보다 더 쉽게는 말할 수 없었다. 그러나 이것으로써 족하였다. 그들의 가슴을 울리는 아지˚의 효과는 충분히 있었던 것이다.

"옳소!"

"강 선생님 말이 맞었소!"

"10전 반대, 15전 좋소꼬!"

그들은 비록 박수는 할 줄 몰랐으나 이런 찬동의 소리가 뒤를

• 무도하다 말이나 행동이 인간으로서 지켜야 할 도리에 어긋나서 막되다.
• 솔곳이 솔깃이. 그럴듯해 보여 마음이 쏠리는 데가 있게.
• 아지 아지테이션(agitation). 소요, 동요, 시위.

이어서 맹렬히 들렸다.

"10전 반대, 15전 찬성! 이 여러분의 요구를 실시케 하려면 여러분은 어떻게 하여야 되겠소?"

강 선생은 이렇게 반문하여 놓고 차근차근 그 방법을 설명하였다.

"이때까지 이왕 일하여 준 것은 그만두고 내일로 즉시 여러분은 재주에게 이 요구를 들어달라고 담판하여야 할 것이오. 그러자면 여러분이 제각각 떠들기만 해서는 효과가 없으니 여러분 가운데에서 몇 사람의 대표를 추려서 그가 직접 재주에게 가서 정식으로 교섭을 하여야 할 것이오."

말이 끝나자 또 찬동의 소리가 뒤를 이어서 요란히 들렸다.

"그러나 여기에 한 가지 난관이 있으니, 그렇게 정식으로 교섭을 하여도 재주가 요구를 안 들어주는 때에는 여러분은 어떻게 할 터이오?"

강 선생은 침착하게 그들의 열정의 도를 시험하였다.

"안 들어주면 일을 아이 하겠소꼬!"

"재주 썩어지지!"

"조합을 마사놓겠소꼬!"

그들은 열렬하게 의기를 토하고 결심의 빛을 보였다.

"재주가 요구를 안 들어주면 일하지 않겠다는 분은 그 자리에 일어서 보시오."

그의 말이 떨어지기가 바쁘게 이백여 명의 노동자는 일제히 그 자리에 일어섰다. 물론 한 사람도 주저하는 사람은 없었던 것이다.

"손을 들고 맹세하시오!"

서슴지 않고 손들이 일제히 높이 들렸다. 이만하면 유망하다고 은근히 기뻐하는 강 선생은 그들을 그 자리에 다시 앉히고 침착한 어조로 그들의 결심을 다졌다.

"여러분, 지금 이 자리에서 맹세하였소! 이 중에 한 분이라도 비록 굶어 죽는 한이 있을지라도 이 맹서를 어기면 안 될 것이오. 무릇 어떠한 사람과 대적할 때에는 일치와 단결의 힘이 필요한 것이요. 하나보다는 열, 열보다는 백, 백보다는 천…… 이렇게 수많은 것이 한데 굳게 뭉치면 자기의 생각지 못한 큰 힘이 생기는 법이니, 그 힘 앞에는 제아무리 강한 것이라도 필경은 몰려 넘어질 것이오. 여러분도 이것을 굳게 믿고 맹서를 어기지 말고 끝까지 버티어나가야만 여러분의 뜻을 이룰 것이오!"

횃불을 빨갛게 받은 수백의 얼굴이 강 선생의 말이 끝나기까지 조금도 긴장을 잃지 않고 결의와 맹서에 엄숙하게 빛났다.

이렇게 하여 으슥한 이 해변에서는 포구 사람 잠자는 동안에 비밀 회합이 무사히 끝났던 것이다.

끝으로 강 선생은 그들에서 네 사람의 교섭원을 뽑았다. 공장의 군칠이, 중실이, 부녀 측에서는 임봉네와 일순네. 이 네 사람은 모든 사람의 환영리에 기쁜 낯으로 책임을 맡았다. 내일 아침 배 들어오기 전에 네 사람은 다음의 세 가지 요구조건을 가지고 재주와 직접 담판하기로 하였다.

　一. 정어리 뜯는 임금 한 통에 15전씩 하소
　一. 기름 짜는 임금 6두* 한 통에 10전씩 하소
　一. 비료 가마니 묶는 임금 매개에 30전씩 하소

　나중에 일어날 여러 가지 시끄러운 장해를 피하기 위하여 그들
은 이 조목을 구두로 담판하기로 하고 요구서는 작성치 않았던 것
이다.
　질의를 다 마친 그들이 강 선생을 선두로 긴 열을 지어 장개고
개를 넘어 다시 포구로 향하였을 때에 밤은 어느덧 바다 멀리 환
한 새벽을 바라보았다.

　이튿날 아침.
　포구 앞 백사장에는 일찍부터 수백의 부녀 노동자들이 모여 수
물거렸다. 전날 밤의 피곤도 잊어버리고 그들은 이제 조마조마한
마음으로 공장 사무소로 담판 간 네 사람의 교섭위원과 공장주의
대답을 기다리고 있던 것이다.

• 두　부피의 단위. 곡식, 액체, 가루 따위의 부피를 잴 때 쓴다. 한 두는 한 되의 열 배로 약 18
　리터에 해당한다.

백사장에 끌어올린 빈 배를 중심으로, 혹은 배 속에 앉기도 하고 혹은 기대서기도 하여 별로 말들도 없이 그들은 언덕 위의 공장 사무소만 한결같이 바라보고들 있었다.

강 선생도 그들과 연락을 취하려고, 그러나 보기에는 아무 연락도 없는 듯이 혼자 떨어져서 해변을 거닐고 있었다.

"아즈바이네 나옴네!"

언덕 위를 바라보고 있던 그들은 일시에 부르짖었다. 사무소를 나와 부지런히 해변으로 걸어 내려오는 네 사람을 바라보는 그들의 가슴에는 형언할 수 없는 감정이 떠올랐던 것이다.

"어찌 됐소?"

"무스기랍데?"

해변에 다다르기가 바쁘게 네 사람을 둘러싸고 결과를 묻는 그들은, 그러나 이미 불리한 결말을 짐작하였다.

"야, 과연 도무지 말을 아니 듣습데."

중실이는 숨을 헐떡거리며 분개하였다.

"한 가지도 아이 들어줍든가?"

"들어주는 게 무스기요*. 저는 모르겠다고 하면서 자꾸 조합에만 밉데*."

---

* 무스기요 무시기요. '무엇이오?'의 뜻.
* 밉데 '미루다'의 뜻.

임봉네는 괘씸하여서 입에 거품을 품겼다.

그러자 언덕 위에서는 조급하게 사무소를 나오는 공장주가 보였다. 그는 그러나 해변으로는 내려오지 않고 어디론지 포구 쪽으로 급하게 걸어갔다.

"어디엘 가는가. 이리 오쟁이코*."

"마― 알 거 있소…… 엥가이* 밸*이 뿌룩 나야지. 그 자리에서 볼을 콱 줴박을까 했소."

군칠이는 멀리 공장주를 향하여 헛주먹질을 하였다.

"그래, 아즈마이네 무스기랬소? 모다 일 아니 하겠다고 했소?"

"야― 그러니 우리보고 무스기라고 하는고 하니, 어전 공장일은 그만두랍데."

공장주는 몇 사람 안 되는 공장 노동자쯤은 포구 안에서 즉시 새로 끌어올 수 있다는 타산 아래에서 중실이와 군칠이 외 수명의 공장 노동자를 전부 해고시킨 것이었다.

"일 있소? 일 아이 하면 그만이지!"

네 사람을 둘러쌌던 부녀 노동자들은 흩어지면서 제각각 수물거렸다.

"그러면 여러분! 여러분은 어젯밤에 맹서한 것같이 이 자리를

• **오쟁이코** 오지 않고.
• **엥가이** 어지간히.
• **밸** 창자, 속마음, 배짱 등을 이르는 말. 여기서는 '화'의 뜻.

95

움직이지 말고 공장주가 여러분의 요구를 들어줄 때까지 한 사람이라도 결코 일을 하여서는 안 될 것이오. 그리고 이따 배 들어온 뒤에 몇 사람은 공장으로 가서 새로 들어올 노동자에게 우리의 뜻을 알리고 결코 일을 하지 말도록 권유하여야 할 것이오!"

강 선생은 수물거리는 그들을 통제하고 그 자리에 그대로 진을 친 채 끝까지 공장주와 대항하기로 하였다.

그러는 동안에 아침 배가 들어왔다. 여러 척의 배는 전날에 떨어지지 않는 풍부한 수확을 싣고 쌍쌍이 들어와 해변에 매였다.

포구에 갔던 공장주는 다시 사무소에 가서 감독들을 거느리고 해변으로 내려왔다.

그들의 뒤를 이어 주재소의 부장과 순사 세 사람이 역시 해변으로 따라 내려오는 것을 그들은 보았다. 그러나 그것은 무슨 일로인지 그들은 도무지 생각지 않던 영문 모를 일이었다.

"삯전은 여러 번 말한 바와 같이 단연코 한 푼도 올리지는 않겠으니 그런 줄들 알고 일하고 싶은 사람은 하고 싫은 사람은 그만두오. 그것은 당신네 생각대로들 하시오."

백사장에까지 이른 공장주는 노동자들을 보고 비웃는 듯이 의기 있고 다부지게 말하였다.

그러나 노동자들은 그것도 들은 체 만 체하고 다만 결의의 빛을 보일 뿐이요, 요란하게 대꾸는 하지 않았다. 그것은 그의 말에 관심을 갖기보다도 더 시급한 일이 목전에 일어나고 있었기 때문이다. 공장주를 따라온 부장과 순사는 말도 없이 강 선생과 중실이, 군칠이, 임봉네, 일순네, 즉 네 사람의 교섭위원을 잡아끌었던 것이다.

"무엇 때문에?"

거기에는 아무 설명도 없이 그들은 자꾸 다섯 사람을 끌기만 하였다.

영문 모르게 장수를 빼앗기는 수백의 군중들은 불길한 예감에 겁내면서 이 장면을 둘러싸고 실랑이를 쳤으나 아무 소용도 없이 다섯 사람은 불의의 ×의 손에 끌려갈 뿐이었다.

그러나 그들에게는 이제 아까 공장주가 급한 걸음으로 포구로 향하던 뜻을 짐작할 수 있었다. 주재소에 가서 꿍꿍 수작을 대고 모든 것을 꼬여바친° 공장주의 비열한 행동을 알아챈 그들은 극도로 분개하였다.

"그놈 새끼 더러운 짓을 한다이."

"행세가 고약한 놈이요."

"그 썩어질 놈 처죽이오!"

"공장을 마서버리오!"

격분에 타오르는 그들은 아무에게도 지휘는 안 받았으나 마치 지휘를 받은 듯이 두 패로 풀려, 한패는 해변 공장주에게도 또 한

• **꼬여바치다** 고여바치다. 상대편에게 환심을 사려고 물품이나 돈 따위를 주다.

패는 언덕 위 공장 사무소로 맹렬히 밀려갔다. 너무도 격분된 그들은 분을 못 이겨 폭행에 나왔던 것이다.

감독의 제재도 아무 힘 없이 언덕 위에 밀린 파도는 사무실을 둘러쌌다.

"돌을 줍어라!"

"사무소를 마서라!"

그들은 좍 흩어졌다.

돌이 날았다.

사무소 유리창이 깨뜨려졌다.

빈 사무소 안에 와르르 밀려 들어간 그들은 책상을 깨뜨리고 장부를 찢어버렸다.

"조합으로 몰려가오!"

사무소 습격이 끝나자 그들은 또다시 일제히 어업조합으로 밀려갔다.

거기서도 사무소에서와 똑같은 일이 일어났다. 돌이 날았다. 창이 깨뜨려졌다.

"썩어질 놈들, 처먹고 배때기가 부르니 한 통에 10전이 무스기야."

"한 사람이 부재 되고 이 수백 명 사람은 굶어 죽어도 괘이찬탄 말이냐."

돌연한 습격에 어찌할 바를 모르는 이사와 감독과 서기들은 조합 사무실 안에서 날아 들어오는 돌과 고함에 새우 새끼같이 오그라졌다.

그들은 다시 해변으로 발을 옮겼다. 그러나 요번에는 산산이 흩어지지는 않고 무의식간에 긴 행렬을 지었다. 전날 밤에 강 선생을 선두로 장개고개를 넘어올 때 같은 긴 행렬을 지었던 것이다. 그들의 가슴은 이제 복수의 쾌감에 끓어올랐다. 다행히 주재소가 멀리 떨어져 있는 까닭에 그들은 별로 피해도 입지 아니하고 사무소와 조합을 습격하여 계획하지 않은 시위 행동을 즉흥적으로 보기 좋게 하였던 것이다. 행렬의 열정에 발맞추는 그들의 가슴은 높이 뛰었다.

해변에 이르렀을 때에 거기에는 동무들만 수물거리고 공장주와 감독은 어디로 내뺐는지 보이지 않았다.

배에서 내린 허연 그물 더미가 모래 위에 여러 더미 노동을 기다리며 척척 무저* 있었다. 그러나 그들은 이제 노동을 제공하지는 않고 도리어 발길로 고기 더미를 박차버렸다. 요구가 관철되기 전에는 고기가 썩어지는 한이 있더라도 결코 노동을 제공하지는 않을 것이다. 발길에 차인 정어리가 햇빛을 받아 은빛으로 빛났다.

달포를 두고 내려찌는 징마는 마침내 5년 이래의 기록을 깨느

* 무지다 무더기로 모아 쌓다.

려버리고야 말았다. 집이 뜨고* 사람이 상하고 마을이 흩이고 백
성의 마음이 불안하였다.

그러나 그것이 마작꾼에게는 아무 영향도 미치지 않았으니, 재
동 정 주사 집에서는 이 긴 장마 동안 하루도 번기는 법 없이 낮상
밤상으로 마작이 울렸고, 장마가 지나간 이제까지 변치 않고 계속
되어 왔던 것이다. 빈 맥주병이 가마니 속으로 그득그득 세 가마
니를 세이고, 아침마다 사랑마루에는 요리 접시가 어지럽게 널려
있었다.

그러나 정 주사에게는 이 긴 장마가 스스로 다른 의미를 가졌으
니, 그는 장마와는 무관심으로 마작을 탕탕 울리기에는 마음이 허
락지 않았다.

마작꾼과 떨어져 침대 위에 누워서 신문을 뒤적거리는 정 주사
의 가슴속은 심히 안타까웠다. 그것은 그러나 집이 뜨고 마을이
흩은 것을 슬퍼하여서가 아니라 보다 더 중한 이유로이니, 즉 시
골서 경영하는 정어리업에 막대한 손해를 입었기 때문이었다.

달포지간의 장마는 고기잡이를 온전히 봉쇄하여 버렸고, 그 위
에 폭풍우는 바다에 나갔던 다섯 척의 어선과 어부를 그림자도 남
기지 않고 집어삼켜 버렸던 것이다.

・ 뜨다 다른 곳으로 떠나다.
・ 낮상 밤상으로 '상'은 마작판이 차려진 판을 의미하는 듯함.

— 어선 5척 유실

　오늘 아침에 정 주사는 아들에게서 이런 전보를 받았다. 다섯
척이면 여러 천 원의 손해이다. 그리고 달포 동안 고기잡이 못 한
데서 생긴 손해 역시 막대할 것이다. 그나 그뿐인가. 그는 달포 전
장마가 시작하기 전에는 아들에게서 또 다음과 같은 전보를 받았
던 것이다.

　— 짐작하건대 이 파업에서 생긴 손해 역시 적지 않을 것이며, 이
모든 손해 위에 폭락된 시세는 여전히 계속되니 이 일을 장차 어떻
게 하면 좋을 것인가.

　정 주사는 기가 막혔다.

　신문을 던지고 한숨을 지면서 정 주사는 드러누운 채 끙끙 속을
앓았다.

　"홀나!"

　마작판에서는 흥겨운 소리가 나더니 뒤를 이어 요란한 훤소*와
마작 흩어지는 소리가 들렸다. 마작 쪽은 잘그닥 잘그닥 하고 경
쾌한 뼈 소리를 내면서 다시 쌓였다.

• 훤소 마구 떠들어서 소란함.

"운송, 내려오시오. 한 짱 합시다."

최 석사가 판에서 빠지자 심 참봉은 침대 위의 정 주사를 꾀었다.

"필경 망하기는 일반 아니오? 망해서 빌어먹게 될 때까지 짱이나 부릅시다그려!"

심 참봉의 자포자기의 이 말은 정 주사에게는 뼈저리게 들렸다. 역시 불경기의 함정에 빠져 여러 해 동안 경영하여 오던 정미업을 마침내 며칠 전에 폐쇄하여 버린 심 참봉의 요사이의 태도와 언사*에는 어두운 자포자기의 음영이 떠돌았다. 그는 폭리를 바란 바 아니었으나, 드디어 오늘의 파산을 보고 정미소의 문까지 닫아 버렸던 것이다. 이것은 곧 자기의 전도*를 암시하는 듯도 하여서 정 주사는 심 참봉의 자포적 언사를 들을 때마다 가슴이 뭉클하였던 것이다.

"내려오시오, 운송!"

"어서들 하시오."

정 주사는 억지로 사양하여 버리고 침대 위에서 돌아누웠다. 머릿속에는 여전히 여러 가지 생각이 피어올랐다.

'규모 무섭던 심 참봉이 드디어 저 꼴이 되고 말았다. 나의 앞길은 며칠이나 남았을까. 머지않아 같은 꼴이 되어버릴 것이다. 아

- 언사 말이나 말씨.
- 전도 차례, 위치, 이치, 가치관 따위가 뒤바뀌어 원래와 달리 거꾸로 됨.

니 심 참봉과 나뿐만이 아니라 쪼들려가는 우리의 앞길이 모두 그럴 것이 아닌가. 요사이 종로 네거리에 나서면 문 닫히는 상점이 나날이 늘어감을 우리는 볼 수 있고, 손꼽는 큰 백화점에서도 종을 울리며 마지막 경매를 부르짖는 참혹한 꼴들이 보이지 않는가. 그러나 다시 남촌으로 발을 돌릴 때에 거기에서 우리는 무엇을 보는가. 그곳에는 그래도 활기가 있다. 큰 백화점이 더욱 번창하여 감을 본다. 히라다와 미쓰꼬시의 대진출을 본다. 작은 놈은 망해가고 큰 놈은 더욱 커지며, 한 장사가 공을 이루매 만 명 병졸의 뼈 말리는 격으로 수만의 피를 뽑아 몇 놈의 살을 찌게 하니, 이것이 대체 무슨 이치인고.'

정 주사가 좀 센티멘털한 마음에 자기 자신을 비참한 경우에 놓고 이리저리 뒤틀어 여기까지 생각하여 왔을 때에 밖에서 별안간 대문 열리는 소리가 나며 낯선 젊은 양복쟁이 한 사람이 들어왔다.

정 주사는 침대에서 벌떡 일어나고 마작하던 친구들도 조심스럽게 마작을 중지하였다. 맥주병이나 혹은 돈푼을 거는 관계상 그들은 낯선 사람을 경계하지 않으면 안 되었던 것이다.

"여기에 박태심이라는 사람 오지 않았소?"

양복쟁이는 마작놀이는 책하지 않고 마작하던 사람들을 둘러보며 이 개인의 이름을 불렀을 뿐이었다.

그러나 불리어 자리를 일어서는 박씨의 얼굴은 어쩐 일인지 금시에 빛이 변하였다. 그것을 보는 친구들도 알지 못할 불길한 예감을 느꼈다.

"나는 종로서에서 온 사람이오. 일이 좀 있으니 이 길로 바로 서에까지 같이 갑시다."

양복쟁이는, 아니 형사는 어쩐 일인지 박씨를 날카롭게 노렸다.

평소에 말이 많고 선웃음*을 잘 치던 박씨는 이 자리에서 별안간 얼굴이 파랗게 질리며 입술이 부들부들 떨리는 것을 친구들은 똑똑히 보았다.

"무슨 일입니까?"

방 안에서 떨면서 주저하는 박씨를 형사는 다시 노렸다.

"무슨 일인지 가봐야 알지. 제가 진 죄를 제가 몰라? 괴악한* 사기한* 같으니!"

파랗게 질린 박씨는 다시는 아무 말 없이 허둥지둥 두루마기를 걸치면서 들로 내려섰다.

그 잘 떠들던 박씨가 이제 고양이 앞에 쥐처럼 숨을 죽이고 형사의 앞을 서서 문을 나가는 것을 보는 친구들은 몹시 딱한 생각이 났다.

"대체 무슨 일일까?"

친구를 잃은 그들은 의아하고 불안한 가운데에서 친구의 일을

• 선웃음 웃기지도 않은데 꾸며서 웃는 웃음.
• 괴악하다 말이나 행동이 이상야릇하고 흉악하다.
• 사기한 습관적으로 남을 속여 이득을 꾀하는 사람.

궁금히 여겼다. '괴악한 사기한'이라니, 그가 무슨 사기를 하였단 말인가. 하기는 며칠 전부터 그는 돈 백 원이 꼭 있어야 하겠다고 말버릇처럼 하여 오기는 왔었다. 그리고 직업도 없고 수입도 없는 순전한 유민°인 그가 대체 어떻게 나날이 살아왔는지 그것이 친구들에게는 한 수수께끼였었다. 오늘의 형사는 말하자면 이 수수께끼를 풀어낼 한 갈래의 단서이었던 것이다.

즉 기적적으로만 알았던 그의 생활의 배후에는 그 어떤 불순한 수단이 숨어 있었던 것을 그들은 알았던 것이다. 그들의 마음은 암담한 동시에 친구의 일이 자기들의 일과 다름없이 불안하여졌다. 사실 이 남아 있는 그들 가운데에 박씨와 같은 운명을 가진 사람이 또 있을지 없을지는 온전히 보증할 수 없는 일인 까닭이다.

"결국 마작꾼을 또 한 사람 잃었구나!"

심 참봉의 자포적 탄식에는 헐려가는 이 계급의 운명이 역력히 반영되어 있는 듯하였다.

정 주사는 그날 밤에 오래간만에 다방골 첩의 집을 찾아갔다. 비도 버리려니와 이럭저럭 마음이 상해서 그는 이 며칠 동안 첩의 집과 발을 끊었던 것이다.

"왜 그동안 안 오셨어요?"

• 유민 직업이 없이 놀며 지내는 사람.

첩은 전날에 기생의 몸이었던 것만큼 아양과 애교를 다하여, 그러나 남편이 며칠 동안 자기를 버렸다는 것이 괘씸하여서 샐쭉하면서 정 주사를 책하였다. 그러나 기실 속심정으로는 퍽도 반가웠던 것이다. 그만큼 그날 밤 식탁에는 손수 그의 공과 정성을 다 베풀었다. 그의 어머니(인 동시에 어멈*)를 시켜서 사 온 고급 위스키한 병까지 찬란한 식탁 위에 올랐던 것이다.

"오늘 보험회사에서 왔다 갔어요."

식탁 옆에 앉아 그에게 술을 따라 바치던 첩은 문득 생각난 듯이 일어나 의걸이* 서랍에서 한 장의 종잇조각을 집어내어 남편에게 보였다.

"다 귀찮다!"

종잇조각을 펴본 정 주사는 그것을 다시 구겨 옆으로 던져버리고 술잔을 쭉 들이켰다. 그것은 '일금 85원'의 생명보험료 불입 고지서였다. 연전에 첩을 새로 얻었을 때에 그는 지금의 이 조촐한 와가* 한 채를 사서 모녀에게 맡기고 호톳한* 살림을 따로 벌리는 동시에 첩을 끔찍이도 사랑하고 귀여워하는 마음에 비싼 보험료를 치르면서 첩을 생명보험에까지 넣어주었던 것이다. 그러나 그

---

* **어멈** 종이 아닌 신분으로 남의 집에 매이어 심부름하는 부인.
* **의걸이** 위는 옷을 걸 수 있고, 아래는 반닫이로 된 장.
* **와가** 기와집.
* **호톳하다** 홀홀하다. 딸린 것이 적어서 홀가분하다.

것도 지금 와서는 모두 그에게 귀찮았다. 사실인즉 85원이란 돈도 그에게는 지금 아까웠던 것이다.

"술은 그만하시고 일찍 주무시지요."

첩은 보험료에 관하여서는 더 말이 없이 얼근한* 남편을 위로하면서 술상을 치웠다. 그리고 어머니는 건넌방으로 쫓고 안방에 두 사람의 잠자리를 툽툽하게 폈다.

정 주사는 며칠 만에 처음으로 옷 벗은 첩의 몸을 품에 안았다. 홍분의 절정에서 눈을 가늘게 뜬 첩은 법열*을 못 이겨서 그의 몸 밑에서 정열이 배암같이 탄력 있게 꿈틀거렸다. 그러나 정 주사는 별로 신기한 기쁨과 새로운 홍분은 느끼지 않았다. 늘 맡던 그 살 냄새, 늘 느끼던 그 감촉, 늘 쓰던 그 기교 그뿐이요, 그 외에 신기한 자극과 매력을 느끼지 못하였던 것이다.

두 사람에게만 허락된 이 절대의 순간에서도 정 주사는 오히려 사업과 채산* 생각에 마음을 빼앗겨 버렸던 것이다. 심 참봉이 밟아 온 길, 오늘 박태심이가 당하던 꼴, 그에게 닥쳐올 장래……. 술과 계집에 마음껏 취하여 보리라고 마음먹었던 이 밤의 정 주사는 이제 품 안에 아름다운 계집을 안은 채 이런 무거운 가지가지의 생각에 천 근 같은 압박을 한결같이 느꼈던 것이다.

* 얼근하다 술에 취해 정신이 조금 어렴풋하다.
* 법열 어떠한 것에 마음이 쏠려 취하다시피 한 느낌.
* 채산 수입과 지출을 맞추어 계산함. 또는 그 계산 내용.

여름이 지나고 가을도 깊어가니 고기잡이는 바야흐로 번창기에 들어갈 때이다. 늦은 가을의 도시기*, 그것은 여름 동안 해변에서 수백 리 떨어진 먼바다에 흩어져 있던 정어리 떼가 해변으로 와글와글 몰려 들어오는 때이니, 정어리 업자가 생명으로 여기는 일 년 중의 가장 중한 때이다. 모든 손해와 타격 가운데에서 한 줄기의 희망의 실마리를 붙이는 것도 곧 이때이다. 배 속에 퍼담고 또 퍼담아도 끊임없이 뒤를 이어 와글와글 밀려오는 고기 떼. 그물이 모자라고 배가 모자라고 사람이 모자라는 판이니, 해변 사람들의 흥을 가장 북돋우는 때이다. 그러나 대자연의 장난과 해류의 희롱을 그 뉘 알랴. 무슨 바람, 어떤 해류의 장난인지 이 해의 바다는 도시기에 이르러도 고기 떼를 해변으로 와글와글 밀어들이지는 않았다. 여러 해 동안 정들였던 정어리 영업자들을 바다는 돌연히 배반하여 버렸던 것이다. 바다는 푸르고 하늘은 유유하고 파도는 찰싹거리고…… 모두 여전하다마는 포구의 활기만은 여전하지 않았으니, 지나간 해의 가을같이 활기 있게 들볶아치지는 않았던 것이다. 언덕 위 공장에서는 가마가 끓고 고기가 짜이고 해변 모래밭에서는 정어리 뜯는 조*가 끓어오르기는 하였으나 그것은 도시기의 활기 그것은 아니었다.

---

* 도시기 정확한 뜻을 알 수 없음.
* 조 정어리를 뜯으면서 흥을 돋우는 소리나 노래.

애타는 마음에 해변에 나가지 않고 공장 사무소에 앉은 채 해변을 바라보는 공장주의 가슴에는 일 년 동안 받은 수많은 상처가 이제 또다시 생생하게 살아 나왔다. 시세 폭락, 폭풍우, 노동자들의 파업, 활기 없는 도시기…… 그중에서도 폭풍우와 도시기의 천연적 대세에서 받은 상처보다도 시세 폭락과 파업에서 받은 상처는 더욱 컸던 것이다. 강 선생을 괴수로 일어난 수백 노동자의 파업에 공장주는 사업의 불리를 각오하면서도 세부득* 한 걸음 물러섰던 것이다. 노동자들의 단결이 굳었고, 이 포구에서는 불시에 그들을 대신할 노동자들을 끌어오지 못하였기 때문이었다. 별수 없이 그들의 세 가지의 요구조건은 벼락같이 관철되고 파업을 일으킨 다음 날부터 노동은 다시 활기 있게 시작되었던 것이다. 그러나 그 공장주는 파업에서 받은 경제적 타격을 애석히는 여기지 않았다. 그는 이제 파업이라는 행동을 다른 의미, 다른 각도로 해석하게 되었던 것이다. 수많은 노동자들의 단결에서 생기는 위대한 힘! …… 두려운 한편, 부러운 힘이다.

또 한 가지 그의 가슴을 울리는 것은 시세 폭락의 배후에 숨은 농간의 힘이었다. 불같이 닥쳐온 어유* 시가의 대중없는* 폭락은

• 세부득 세부득이. 어쩔 수 없는 상황 때문에 그렇게 할 수밖에 없어.
• 어유 물고기에서 짜낸 기름.
• 대중없다 짐작을 할 수가 없다.

서구 노르웨이 근해에서만 잡히는 고래기름의 풍족한 산액°이 조선 정어리 기름의 수출을 압도하는 자연적 대세라느니보다 실로 일본에 있는 대자본의 회사, 합동유지(合同油脂) 글리세린 회사의 임의의 책동°인 것을 그는 알았던 것이다. 이 폭락 대책을 강구하기 위하여 도(道) 당국과 총독부 수산과에서는 각각 기술자를 보내어 실정을 조사시키고 정어리업 대표들을 참가시켜 '어비° 제조 간담회'니 '폭락방지 대책협의회'니 등을 열었으나 결국 정어리 업자들에게는 그럴듯한 유리한 결과는 쥐어주지 못하엿던 것이다. 대재벌의 힘, 무도한 것은 이것이라고 그는 생각하였다. 노동자들이 그를 미워한 것같이 그는 이제 이 대재벌을 미워하였다. 노동자에게서 미움을 산 그는 실상인즉 대재벌의 손에 매어 있고 끓려 있는 셈이었다. 위에서는 대재벌, 밑에서는 노동자의 대군. 이 두 힘 사이에서 부대끼는 그의 갈 길은 어디이던가? 위 아니면 밑, 이 두 길 중의 한 길을 취하여야 할 것이다. 그러나 새삼스럽게 윗길을 못 밟을 바에야 그 외 길은 빤한 길이 아닌가.

이렇게 명상에 잠기면서 한결같이 해변을 바라보는 공장주의 눈에서는 이제 눈물이 푹 솟았다. 그러나 그것은 감상의 눈물도 아니요 분함의 눈물도 아니요 감격과 희망의 눈물이었으니, 해변

• 산액 생산되는 양.
• 책동 좋지 아니한 일을 몰래 꾸미어 시행함.
• 어비 물고기를 그대로 건조·분쇄하여 만든 비료.

에서 떼를 짓고 고함치며 노동하는 수많은 노동자들, 그 속에서 그는 새로운 철학을 발견하였던 것이다.

그는 사업에 실패하였다. 그러나 그것이 이제 그다지 원통하지는 않았다. 더 큰 마음과 넓은 보조로 앞길을 자랑스럽게 밟으려고 결심한 그가 이제 흘리는 눈물은 흔연한 감격의 눈물이었던 것이다. 그에게 바른길을 뙤어준* 이태 동안의 해변 생활. 그것은 대학에서 배운 사업의 이론과 비결 이상 몇 곱절 그에게 뜻있는 것이었다.

강 선생! 그는 오래간만에 문득 강 선생 생각이 났다. 모든 것을 집어치우고 오늘 밤에는 서울로 떠날 것이다. 떠나기 전에 강 선생과 만나 이야기라도 실컷 해보겠다는 충동을 느낀 그는 이제 자리를 일어나 눈물을 씻고 사무소를 나갔던 것이다.

재동 사랑에서 한 사람 두 사람 줄어가는 마작꾼 숲에서 정 주사가 흩어지는 마작 쪽에 '헐려가는' 철학을 절실히 느낀 것은 바로 이때였던 것이다.

《조선일보》 1930년 8월 9일에서 20일까지 연재된 글을 바탕으로 함.

• **뙤다** 똥기다. 모르는 사실을 깨달아 알도록 암시를 주다.

작품 이해하기

이 소설은 1930년 8월 9일에서 20일까지 《조선일보》에 12회에 걸쳐 연재되었고, 1931년 이효석의 최초 단편집인 《노령근해》에 수록된 초기작이다. 앞선 <도시와 유령>처럼 이효석의 동반자작가로서의 경향이 두드러진다. <도시와 유령>이 하층민들의 열악한 삶에 대한 문제의식을 바탕으로 하고 있다면, 이 작품은 당시 조선인들의 열악한 경제적 상황과 노동에 대한 문제의식을 드러내고 있다.

이 소설에는 이효석 문학의 주요 키워드라고 할 수 있는 '빈궁', '불안 의식', '저항의식'이 고루 나타난다. 세계적인 대공황에 따른 경제적 파탄, 불투명한 미래에 대한 불안과 걱정으로 가득 찬 마작판의 사람들, 정 주사 아들의 사업 실패와 부두 노동자들의 저항 등을 통해 이효석은 당대 현실을 비판하고 강렬한 계급 의식을 드러낸다.

<마작철학>은 정 주사가 친구들과 마작판을 벌이는 공간, 정 주사의 아들인 정구태가 정어리 사업을 하고 있는 공간을 오가며 그들이 처한 상황과 심리 등을 전지적 작가 시점으로 그려낸다. 아버지 정 주사의 일상과 고뇌가 작품의 한 축을 이루고, 아들 정구태가 정어리 공장을 차려 부두의 노동자들

을 부리려 하다가 저항에 직면하는 이야기가 다른 축을 이룬다.

정 주사는 세상 돌아가는 상황을 모른 채 거액의 돈을 정어리 사업에 투자했으나 상황이 점점 안 좋아지자 시름에 잠긴 채 마작에 빠져들어 세월을 보낸다. 악몽 같은 운명이 펼쳐지리라는 예감에서 벗어나지 못하면서도 자신도 어찌하지 못하는 시대와 운명의 굴레 속에서 점점 마작에 열중하고 빠져드는 것이다. 그러다 결국 '흩어지는 마작 쪽에 헐려가는 철학'을 절실히 느끼게 된다.

정 주사의 아들인 정구태는 일확천금을 꿈꾸며 정어리 사업에 뛰어들었으나 처절하게 실패한다. 초기에는 그래도 희망이 보였으나 해가 갈수록 이익보다는 손실이 커지는 형편이다. 그래서 부두 노동자들의 임금을 깎았으나, 강 선생을 중심으로 한 노동자들은 이에 격렬하게 저항한다. 정구태는 대체할 노동자들을 얼마든지 구할 수 있을 거라 생각했지만 뜻대로 되지 않고, 결국 임금을 다시 올릴 수밖에 없었다.

정구태는 일련의 사건들을 겪고 나서 '새로운 철학'을 발견한다. 시세 폭락을 이끈 일본 대자본과 대재벌의 농간을 파악하고 노동자들의 삶을 재발견하면서 자신이 선택해야 할 바른길을 깨닫게 된 것이다.

이렇듯 <마작철학>은 정 주사와 정구태가 처한 절망적인 현실과 자신의 치지에 대한 깨달음을 바탕으로 하고 있다. 두 사람은 모두 중산 자본가 계급에 속하는 인물들로서 경제적 몰락이라는 현실과 마주하고 있다. 이것은 그들이 공통적으로 처한 절망적 현실이다. 그러나 철학, 즉 깨달음의 내용은 전혀 다르다. 정 주사는 자본가 계급으로서의 실패를 인정하고 체념해 버리는 반면, 정구태는 노동자들과 함께하는 것이 자신이 나아가야 할 길이라고 생각한다.

이효석은 경제적·사회적으로 암울한 시대를 헤쳐나갈 수 있는 힘을 '연대'에서 찾은 것 같다. <도시와 유령>에서 하층민들의 연대의식을 부르짖었다면, <마작철학>에서는 노동자들의 연대, 노동자와 자본가의 연대 또한 중요함을 이야기하고 있다.

작품 깊이읽기

생활의 자멸을 재촉하는 마작판

마작은 중국에서 시작되어 일본 등 동아시아를 중심으로 확산·발전된 4인용 놀이로, 일종의 보드게임이라 할 수 있다. 우리나라에는 조선 말기인 갑오개혁 전후 청나라에 다녀온 사람들에 의해 전파되었고, 일제강점기에는 일본식 마작이 들어오기도 했다. 1930년대 후반이 배경인 채만식의 <태평천하>에도 마작하는 장면이 묘사되어 있다.

중국의 유명한 철학자이자 교육가인 후스는 "마작이 나날이 번창하고 시드는 모습을 보이지 않으니, 가히 망국의 큰 해로움이라고 할 만하다."라고 했고, 전 싱가포르 총리 리콴유는 "중국인들에게 어지간한 것들은 강요하고 금지할 수 있어도 마작은 금지할 수 없었다."라는 말을 남겼다. 그만큼 마작은 중독성이 강해 도박과 오락 도구로 많은 사람들을 사로잡았다는 뜻이다.

이 소설에서 마작이 벌어지는 공간은 실의에 빠진 정 주사가 자기 인생의 도피처로 삼아 실패한 인생을 골몰하는 공간이면서 사업에 실패하거나 범죄를 저지른 사람들이 들어와 머무는 공간이다.

강 선생은 누구인가?

이 소설의 직접적 갈등은 공장주 정구태와 노동자들 사이에서 벌어진다. 공장주가 경제적 어려움을 이유로 노동자들의 임금을 깎아버리자 노동자들이 집단으로 저항하게 된 것이다. 그 저항의 중심에 있는 인물이 바로 강 선생이다.

사람들은 강 선생이 언제 어디서 이 마을에 왔는지는 잘 모르지만 다들 그를 믿고 따른다. 자신들과 함께 어울려 생활하고 야학을 통해 많은 사람을 가르치고 있기 때문이다. 그래서 다들 그를 좋은 사람이라는 여기고 자기들 편이라고 생각한다.

공장주에 대한 저항을 단단하고 힘있게 할 수 있었던 것은 무엇보다 강 선생이 있었기 때문이다. 공장주가 임금을 마음대로 깎은 것에 대한 불만도 있었겠지만, 강 선생은 임금을 원래대로 돌리는 것은 그들의 생존이 걸린 문제임을 자각시키고 저항의 방법도 구체적으로 제시해 주었다.

강 선생은 주재소 사람들에게 잡혀간 후 모습을 보이지 않는다. 하지만 노동자들은 생존을 위해 그들의 저항을 계속해 나간다. 이제 누가 가르쳐주지 않아도 될 만큼 단단해졌다. 그러니 강 선생이 누구든, 그는 자신의 역할을 충실히 해낸 것이다. 사람들이 스스로 불의와 부당함에 맞서 싸울 수 있게 변화시켰으니까.

새로운 철학과 헐려가는 철학

이 소설의 제목인 '마작철학'은 어울리지 않는 두 낱말로 이루어져 있다. 놀이 혹은 도박의 하나인 마작에 무슨 심오한 뜻이 담길 수 있겠는가? 그런데 왜 이효석은 이런 제목을 붙였을까?

소설 속에 '마작'이란 말은 계속 등장하지만 '철학'은 딱 두 번 나온다. 정구태의 깨달음과 관련한 '새로운 철학'과 정 주사가 느낀 '헐려가는 철학'이 그것이다. 그런데 작품 원문을 보면 '헐려가는'에 강조 표시가 되어 있다. 그렇다면 제목인 '마작철학'은 '헐려가는 철학'과 관계가 있을 듯하다.

정 주사는 '흩어지는 마작 쪽'을 보며 '헐려가는 철학'을 느낀다. 작품 속에서 계속되던 정 주사의 근심, 걱정, 불안은 아들의 사업 실패와 마작판 사람들이 하나둘 줄어감을 보며 더욱 커졌을 것이다. 그러면서 정 주사는 생존의 위협마저 느꼈을지 모른다. 그렇다면 '헐려가는 철학'은 자신의 존재와 삶이 무너져가는 것에 대한 절망적 깨달음이라 할 수 있다.

정 주사를 비롯해 현실에서 도피해 마작판에 모여든 사람들은 하나둘 헐려가지만, 현실에서 치열하게 살았던 정구태는 노동자들의 단결된 힘과 대자본의 횡포 사이에서 '새로운 철학'을 발견한다. 즉 '마작'이 현실 도피 수단 혹은 현실에서 도피한 사람들을 가리키는 것이라면, 이효석은 그런 절망적 상황을 대신할 희망적 대안으로 '새로운 철학', 즉 '자본가와 노동자, 노동자와 노동자의 연대'를 말하고자 한 것이 아닐까.

도시와 유령

마 작 철 학

산

메밀꽃 필 무렵

산

1.

나무하던 손을 쉬고 중실은 발밑에 깨금나무* 포기를 들췄다. 지천으로 떨어지는 깨금알*이 손안에 오르르 들었다. 익을 대로 익은 제철의 열매가 어금니 사이에서 오드득 두 쪽으로 갈라졌다.

　돌을 집어 던지면 깨금알같이 오드득 깨어질 듯한 맑은 하늘. 물고기 등같이 푸르다. 높게 뜬 조각구름 떼가 해변에 뿌려진 조개껍질같이 유난스럽게도 한편에 옹졸봉졸 몰려들 있다.

　높은 산등이라 하늘이 가까우런만 마을에서 볼 때와 일반으로* 멀다. 구만 리일까, 십만 리일까? 골짜기에서의 생각으로는 산기슭에만 오르면 만져질 듯하던 것이 산허리에 나서면 단번에 구만 리를 내빼는 가을 하늘.

---

* **깨금나무** 개암나무.
* **깨금알** 도토리와 비슷하게 생긴, 개암나무 열매.
* **옹졸봉졸** 올망졸망. 작고 또렷한 것들이 고르지 않게 많이 벌여 있는 모양.
* **일반으로** 마찬가지로.

산속의 아침나절은 조을고 있는 짐승같이 막막은 하나 숨결이 은근하다. 휘엿한° 산등은 누워 있는 황소의 등어리요, 바람결도 없는데 쉴 새 없이 파르르 나부끼는 사시나무 잎새는 산의 숨소리다. 첫눈에 띄는 하얗게 분장한 자작나무는 산속의 일색. 아무리 단장한대야 사람의 살결이 그렇게 흴 수 있을까. 수뿍 들어선 나무는 마을의 인총°보다도 많고 사람의 성보다도 종자가 흔하다. 고요하게 무럭무럭 걱정 없이 잘들 자란다. 산오리나무, 물오리나무, 가락나무, 참나무, 졸참나무, 박달나무, 사스레나무, 떡갈나무, 피나무, 물가리나무, 싸리나무, 고로쇠나무, 골짜기에는 산사나무, 아그배나무, 갈매나무, 개옻나무, 엄나무, 산등에 간간이 섞여 어느 때나 푸르고 향기로운 소나무, 잣나무, 전나무, 향나무, 노가주나무…… 걱정 없이 무럭무럭 잘들 자라는 산속은 고요하나 웅성한° 아름다운 세상이다.

　　과실같이 싱싱한 기운과 향기, 나무 향기, 흙냄새, 하늘 향기…… 마을에서는 찾아볼 수 없는 향기다.

　　낙엽 속에 파묻혀 앉아 깨금을 알뜰히 바수는° 중실은, 이제 새삼스럽게 그 향기를 생각하고 나무를 살피고 하늘을 바라보는 것

- **휘엿한** 휘어진 것 같은.
- **인총** 일정한 지역에 사는 사람의 수.
- **웅성하다** 웅성웅성 소란스러운 소리가 나다.
- **바수다** 여러 조각이 나게 두드려 잘게 깨뜨리다.

이 아니었다. 그런 것은 한데 합쳐서 몸에 함빡 젖어 들어 전신을 가지고 모르는 결에 그것을 느낄 뿐이다. 산과 몸이 빈틈없이 한데 얼린* 것이다.

눈에는 어느 결엔지 푸른 하늘이 물들었고 피부에는 산 냄새가 배었다. 바심할* 때의 짚북데기보다도 부드러운 나뭇잎(여러 자 깊이로 쌓이고 쌓인 깨금잎, 가랑잎, 떡갈잎의 부드러운 보료*) 속에 몸을 파묻고 있으면 몸뚱어리가 마치 땅에서 솟아난 한 포기의 나무와도 같은 느낌이다. 소나무, 참나무 총중*의 한 대의 나무다. 두 발은 뿌리요 두 팔은 가지다. 살을 베이면 피 대신에 나뭇진이 흐를 듯하다. 잠자코 섰는 나무들의 주고받은 은근한 말을, 나뭇가지의 고갯짓하는 뜻을, 나뭇잎의 소곤거리는 속심을 총중의 한 포기로서 넉넉히 짐작할 수 있다. 해가 쪼일 때에 즐거워하고, 바람 불 때 농탕치고, 날 흐릴 때 얼굴을 찡그리는 나무들의 풍속과 비밀을 역력히 번역해 낼 수 있다. 몸은 한 포기의 나무다.

별안간 부드득 솟아오르는 힘을 느끼고 중실은 벌떡 뛰어 일어났다. 쭉 펴는 네 활개에 힘이 뻗쳐 금시에 그대로 하늘에라도 오를 듯싶다. 넘치는 힘을 보낼 곳 없어 할 수 없이 입을 크게 벌리

• 얼리다 어울리다.
• 바심하다 곡식의 이삭을 떨어서 낟알을 거두다.
• 보료 솜이나 짐승의 털을 넣어 두툼하게 만든 요.
• 총중 여럿 있는 가운데.

122

고 하늘이 울려라 고함을 쳤다. 땅에서 솟는 산정기의 힘찬 단순한 목소리다.

산이 대답하고 나뭇가지가 고갯짓한다. 또 하나 그 소리에 대답한 것은 맞은편 산허리에서 불시에 푸드득 날아 뜨는 한 자웅°의 꿩이었다. 살찐 까투리°의 꽁지를 물고 나는 장끼°의 오색 날개가 맑은 하늘에 찬란하게 빛났다.

살찐 꿩을 보고 중실은 문득 배가 허출함°을 깨달았다. 아래편 골짜기 개울 옆에 간직하여 둔 노루 고기와 가랑잎에 싸둔 개꿀°이 있음을 생각하고 다시 낫을 집어 들었다. 첫 참 때까지에는 한 짐을 채워놓아야 파장°되기 전에 읍내에 다다르겠고, 팔아가지고는 어둡기 전에 다시 산으로 돌아와야 할 것이다. 한참 쉰 뒤라 팔에는 기운이 남았다. 버스럭거리는 나뭇잎 소리가 품 안에 요란하고 맑은 기운이 몸을 한바탕 먹감긴° 것 같다. J산은 마을보다 몇 갑절 살기가 좋은가. 산에 들어오기를 잘했다고 중실은 생각하였다.

- 자웅 암컷과 수컷.
- 까투리 꿩의 암컷.
- 장끼 꿩의 수컷.
- 허출하다 허기가 지고 출출하나.
- 개꿀 벌통에서 떠낸, 벌집에 들어 있는 상태의 꿀.
- 파장 시장이 끝나는 때.
- 먹감다 냇물이나 강물 등에 들어가 몸을 씻거나 놀다.

2.

세상에 머슴살이같이 잇속 적은 생업은 없다.

싸울래 싸운 것이 아니라 김 영감 편에서 투정을 건 셈이다. 지금 와보면 처음부터 쫓아낼 의사였던 것이 확실하다. 중실은 머슴산 지 칠팔 년에 아무것도 쥔 것 없이 맨주먹으로 살던 집을 쫓겨났다. 원통은 하였으나 애통하지는 않았다.

해마다 사경˚을 또박또박 받아본 일 없다. 옷 한 벌 버젓하게 얻어 입은 적 없다. 명절에는 놀이할 돈도 푼푼이 없이 늘 개 보름 쇠듯˚ 하였다. 장가들이고 집 사고 살림을 내준다던 것도 헛소리였다. 첩을 건드렸다는 생똥 같은 다짐˚이었으나, 그것은 처음부터 계책한˚ 억지요 졸색˚의 등글개˚ 따위에는 손댈 염˚도 없었던 것이다. 빨래하러 갔던 첩과 동구 밖에서 마주쳐 나뭇짐을 지고 앞서고 뒤서서 돌아왔다고 의심받을 법은 없다. 첩과 수상한 놈팡이는 도

- **사경** 머슴이 주인에게서 한 해 동안 일한 대가로 받는 돈이나 물건.
- **개 보름 쇠듯** 명절 같은 날에 제대로 먹지도 못하고 지냄을 이르는 말. 예전에, 정월 대보름에 개한테 음식을 먹이면 그해 내내 파리가 들끓고 개가 쇠약해진다고 여겨 개를 매어두고 음식을 먹이지 않던 풍습에서 나온 말이다.
- **다짐** 죄다짐. 죄에 대한 갚음.
- **계책하다** 어떤 일을 이루기 위해 꾀나 방법을 생각해 내다.
- **졸색** 아주 못생긴 여자.
- **등글개** 등글개첩. 등의 가려운 곳을 긁어주는 첩이라는 뜻으로, 늙은이가 데리고 사는 젊은 첩을 이르는 말.
- **염** 무엇을 하려고 하는 생각이나 마음.

리어 다른 곳에 있는 것을, 애매한 중실에게 엉뚱한 분풀이가 돌아온 셈이었다. 가살스런* 첩의 행실을 휘어잡지 못하고 늘그막 판에 속태우는 영감의 신세가 하기는 가엾기는 하다. 더욱 얼크러질 앞일을 생각하고 중실은 차라리 하직하고 나온 것이었다.

넓은 하늘 밑에서도 갈 곳이 없다. 제일 친한 곳이 늘 나무하러 가던 산이었다. 짚북데기보다도 부드러운 두툼한 나뭇잎의 맛이 생각났다. 그 넓은 세상은 사람을 배반할 것 같지는 않았다. 빈 지게만을 걸머지고 산으로 들어갔다. 그 속에서 얼마 동안이나 견딜 수 있을까가 한 시험도 되었다.

박중골에서도 5리나 들어간, 마을과 사람과는 인연이 먼 산협*이다. 산등이 펑퍼짐하고 양지쪽에 해가 잘 쪼이고, 골짜기에 개울이 흐르고, 개울가에 나무 열매가 지천으로* 열려 있는 곳이다. 양지쪽에서는 나무하러 왔다 낮잠을 잔 적도 여러 번이었다. 개울가에 불을 피우고 밭에서 뜯어 온 옥수수 이삭을 구웠다. 수풀 속에서 찾은 으름과 나뭇가지에 익어 시든 아그배*와 산사*로 배가 불렀다. 나뭇잎을 모아 그 속에 푹 파고든 잠자리도 그다지 춥지는 않았다.

- **가살스럽다** 말씨나 행동이 되바라지고 미움을 받을 만하다.
- **산협** 산속의 골짜기.
- **지천으로** 매우 흔하게. 매우 많이.
- **아그배** 아그배나무의 열매. 모양은 배와 비슷하나 아주 작고 맛이 시고 떫다.
- **산사** 둥글고 작은 사과처럼 생긴, 산사나무의 열매.

이튿날 산을 헤매다가 공교롭게도 주염나무° 가지에 야트막하게 달린 벌집을 찾아냈다. 담배 연기를 피워 벌떼를 어지러뜨리고 감쪽같이 집을 들어냈다. 속에는 맑은 꿀이 차 있었다. 사람은 살라고 마련인 듯싶다. 꿀은 조금으로도 요기°가 되었다. 개와 함께 여러 날 양식이 되었다.

꿀이 다 떨어지지도 않은 그저께 밤에는 맞은편 심산°에 산불이 보였다. 백일홍같이 새빨간 불꽃이 어둠 속에 가깝게 솟아올랐다. 낮부터 타기 시작한 것이 밤에 들어가서 겨우 알려진 것이다. 누에게 먹히는 뽕잎같이 아물아물해지는 것 같으나, 기실°은 한자리에서 아롱아롱 타는 것이었다. 아귀의 혀끝같이 널름거리는 불꽃이 세상에도° 아름다웠다. 울 밑에 꽃보다도, 비단결보다도, 무지개보다도, 맨드라미보다도 곱고 장하다°.

중실은 알 수 없이 신이 나서 몽둥이를 들고 산등을 달아오르고° 골짜기를 건너 불붙는 곳으로 끌려 들어갔다. 가깝게 보이던 것과는 딴판으로 꽤 멀었다. 불은 산등에서 산등으로 둘러붙어

• 주염나무 쥐엄나무.
• 요기 배고프지 않을 만큼만 먹음.
• 심산 깊은 산.
• 기실 실제의 사정. 실제에 있어서.
• 세상에도 비할 바 없이. 아주.
• 장하다 크고 대단하다.
• 달아오르다 내달아 오르다. 뛰어올라 가다.

126

˙골짜기로 타 내려갔다. 화기˙가 확확 튀어 가까이 갈 수 없었다. 후끈후끈 무더웠다. 나무뿌리가 탁탁 튀며 땅이 쩽쩽 울렸다. 민출한˙ 자작나무는 가지가지에 불이 피어올라 한 포기의 산호수 같은 불나무로 변하였다. 헛되이 타는 모두가 아까웠다. 중실은 어쩌는 수 없이 몽둥이를 쓸데없이 휘두르며 불 테두리를 빙빙 돌 뿐이었다. 불은 힘에 부치는 것이었다.

확실히 간 보람은 있었다. 끄슬어진 노루 한 마리를 얻은 것이다. 불 테두리를 뚫고 나오지 못한 노루는 산골짜기에서 뱅뱅 돌아 결국 불벼락을 맞은 것이다. 물론 그것을 얻을 때는 불도 거의 다 탄 새벽녘이었으나, 외로운 짐승이 몹시 가엾었다. 그러나 이미 죽은 후의 고기라 중실은 그것을 짊어지고 산으로 돌아갔다. 사람을 살리자는 신의 뜻이라고 비위 좋게˙ 생각하면 그만이었다. 여러 날 동안의 흐뭇한 양식이 되었다. 다만 한 가지 그리운 것이 있었다. 짠맛, 소금이었다. 사람은 그립지 않으나 소금이 그리웠다. 그것을 얻자는 생각으로만 마을이 그리웠다.

- **둘러붙다** 둘레나 가장자리를 따라가며 붙다
- **화기** 불에서 느껴지는 뜨거운 기운.
- **민출하다** 미끈하게 곧고 길다.
- **비위 좋다** '아니꼽거나 싫은 일을 잘 견디는 힘이 있다.'의 뜻. 여기서 '비위 좋게'는 '긍정적으로', '나쁘지 않게' 정도의 뜻.

3.

힘에 자라는 데까지 졌다.

20리 길을 부지런히 걸으려니 잔등에 땀이 내뱄다. 걸음을 따라 나뭇짐이 휘청휘청 앞으로 휘었다.

간신히 파장 전에 대었다.

나무를 판 때의 마음이 이날같이 즐거운 적은 없었다.

물건을 산 때의 마음도 이날같이 즐거운 적은 없었다.

그것은 가장 필요한 물건이기 때문이다.

나무 판 돈으로 중실은 감자 말*과 좁쌀 되*와 소금과 냄비를 샀다.

산속의 호젓한* 살림에는 이것으로써 족하리라고 생각되었다.

목숨을 이어가는 데 해어*쯤이 없으면 어떨까도 생각되었다.

올 때보다 짐이 단출하여* 지게가 가벼웠다. 거리의 살림은 전과 다름없이 어수선하고 지지부레하였다*. 더 나아진 것도 없으려니와 못해진 것도 없다.

• **말** 곡식, 액체, 가루 따위의 부피를 잴 때 쓰는 단위. 한 말은 약 18리터.
• **되** 한 말의 10분의 1. 약 1.8리터.
• **호젓하다** 매우 홀가분하여 쓸쓸하고 외롭다.
• **해어** 바닷물고기.
• **단출하다** 차림새가 간편하다.
• **지지부레하다** 모두가 보잘것없이 변변하지 아니하다.

술집 골방*에서 왁자지껄하고 싸우는 것도 전과 다름없다.

이상스러운 것은 그런 거리의 살림살이가 도무지 마음을 당기지 않는 것이다. 앙상한 사람들의 얼굴이 그다지 그리운 것이 아니었다.

무슨 까닭으로 산이 이렇게도 그리울까. 편벽된* 마음을 의심도 하여 보았다. 그러나 별로 이치도 없었다. 덮어놓고 양지쪽이 좋고, 자작나무가 눈에 들고*, 떡갈잎이 마음을 끄는 것이다. 평생 산에서 살도록 태어났는지도 모른다.

김 영감의 그 후의 소식은 물어낼 필요도 없었으나, 거리에서 만난 박 서방 입에서 우연히 한 구절 얻어듣게 되었다.

병든 등글개첩은 기어코 김 영감의 눈을 감춰 최 서기와 줄행랑을 놓았다. 종적을 수색 중이나 아직도 오리무중*이라 한다.

사랑방에서 고시랑고시랑* 잠을 못 이룰 육십 노인의 꼴이 측은하게 눈에 떠올랐다. 애매한* 머슴을 내쫓았음을 뉘우치리라고도 생각되었다. 그러나 중실에게는 물론 다시 살러 들어갈 뜻도, 노

- **골방** 큰방의 뒤쪽에 딸린 작은방.
- **편벽되다** 한쪽으로 치우치다.
- **눈에 들다** 마음에 들다.
- **오리무중** 오 리나 되는 짙은 안개 속에 있다는 뜻으로, 무슨 일에 대해 방향이나 갈피를 잡을 수 없음을 이르는 말.
- **고시랑고시랑** 못마땅하여 쓸데없는 말을 자꾸 좀스럽게 하는 모양.
- **애매하다** 아무 잘못 없이 꾸중을 듣거나 벌을 받아 억울하다.

인을 위로하고 싶은 친절도 가지기 싫었다.

다만 거리의 살림이라는 것이 더한층 어수선하게 여겨질 뿐이었다.

산으로 향하는 저녁 길이 한결 개운하다.

4.

개울가에 냄비를 걸고 서투른 솜씨로 지은 저녁을 마쳤을 때에는 밤이 적이* 어두웠다.

깊은 하늘에 별이 총총 돋고 초승달이 나뭇가지를 올가미 지웠다.

새들도 깃들이고 바람도 자고* 개울물만이 쫄쫄쫄쫄 숨 쉰다. 검은 산등은 잠든 황소다.

등걸불*이 탁탁 튄다. 나뭇잎 타는 냄새가 몸을 휩싸며 구수하다. 불을 쪼이며 담배를 피우니 몸이 훈훈하다. 더 바랄 것 없이 마음이 만족스럽다.

한 가지 욕심이 솟아올랐다.

• **적이** 꽤 어지간한 정도로.
• **자다** 바람이나 물결 따위가 잠잠해지다.
• **등걸불** 나뭇등걸(나무를 베어내고 남은 밑동)을 태우는 불.

밥 짓는 일이란 머슴애* 할 일이 못 된다. 사내자식은 역시 밭 갈고 나무하는 것이 옳은 것이다. 장가를 들려면 이웃집 용녀만 한 색시는 없다. 용녀를 데려다 밥 일을 맡길 수밖에는 없다고 생각하였다.

용녀를 생각만 하여도 즐겁다. 궁리가 차례차례로 솔솔 풀렸다.

굵은 나무를 베어다 껍질째 토막을 내 양지쪽에 쌓아 올려 단칸의 조촐한 오두막을 짓겠다. 펑퍼짐한 산허리를 일궈 밭을 만들고 봄부터 감자와 귀리를 갈 작정이다. 오랍뜰*에 우리를 세우고 염소와 돼지와 닭을 칠 터. 산에서 노루를 산 채로 붙들면 우리 속에 같이 기르고 용녀가 집일을 하는 동안에 밭을 가꾸고 나무를 할 것이며, 아이가 나면 소같이 산같이 튼튼하게 자라렷다. 용녀가 만약 말을 안 들으면 밤중에 내려가 가만히 업어 올걸. 한번 산에만 들어오면 별수 없지…….

불이 거의거의 이스러지고 물소리가 더한층 맑다.

별들이 어지럽게 깜박거린다.

달이 다른 나뭇가지에 걸렸다.

나머지 등걸불을 발로 비벼 끄니 골짜기는 더한층 막막하다.

어느만 때인지 산속에서는 때도 분별할 수 없다.

---

* **머슴애** 머슴아이. 남자아이.
* **오랍뜰** 오래뜰. 대문이나 중문 안에 있는 뜰.

자기가 이른지 늦은지도 모르면서 나무 밑 잠자리로 향하였다.

낟가리같이 두두룩하게 쌓인 낙엽 속에 몸을 송두리째 파묻고 얼굴만을 빼꼼히 내놓았다.

몸이 차차 푸근하여 온다.

하늘의 별이 와르르 얼굴 위에 쏟아질 듯싶게 가까웠다 멀어졌다 한다.

별 하나 나 하나, 별 둘 나 둘, 별 셋 나 셋…….

어느 결엔지 별을 세이고 있었다. 눈이 아물아물하고 입이 뒤바뀌어 수효가 틀려지면 다시 목소리를 높여 처음부터 고쳐 세이곤 하였다.

별 하나 나 하나, 별 둘 나 둘, 별 셋 나 셋…….

세이는 동안에 중실은 제 몸이 스스로 별이 됨을 느꼈다.

《이효석 단편전집 1: 메밀꽃 필 무렵》(성음사, 1971)에 실린 글을 바탕으로 함.

작품 이해하기

이 소설은 1936년 3월 《삼천리》에 발표된 단편소설로, 서정적이고 묘사적인 문체를 통해 '자연에의 동경과 인간과 자연의 조화'라는 주제를 잘 드러내고 있다. 동반자작가로서 사회 문제와 계급 의식을 강조했던 것과는 확연히 달라진 문학적 경향을 드러내는 작품이다.

<산>은 이야기를 네 부분으로 나누어 제시하고 있다. 1에서는 중실이 산에서 나무하는 장면이 제시되고, 2에서는 중실이 산속으로 들어간 까닭을 들려준다. 3은 나무를 져다 장에 가서 파는 이야기, 4는 나무를 팔고 돌아온 뒤의 이야기이다. 시간의 흐름으로 보면 '2-1-3-4' 순이다.

소설 속 주인공인 중실은 김 영감 집에서 머슴살이를 하고 있었다. 그러던 어느 날, 김 영감의 첩과 같이 산길을 내려왔다는 이유로 김 영감의 의심을 사서 쫓겨나게 된다. 김 영감의 억지 주장에 7년 동안 머슴살이했던 품삯도 제대로 받지도 못하고 쫓겨난 것이다.

보통 사람이라면 누명을 쓴 것도, 품삯을 못 받은 것노 억울하고 화가 날 일이다. 그러나 중실은 화를 내지도 억울해하지도 않았다. 오히려 중실은 머슴 생활에서 벗어나 산속에서 생활하며 즐거움과 행복을 느끼게 된다. 지금

껏 지배와 착취의 대상으로만 살아왔는데, 이제 그러한 삶에서 벗어나 시간적·정신적 여유를 누릴 수 있게 되었기 때문이다.

또 중실은 산에서 나무를 베고, 벤 나무를 마을에 내려가 팔고, 나무 판 돈으로 필요한 물건들을 사면서 자신의 생각과 계획대로 살아갈 수 있다는 것을 깨닫게 된다. 그것은 큰 기쁨이었고 삶에 만족감과 해방감을 주는 것이었다.

그러면서 어느덧 중실은 산과 하나가 되어간다. 낙엽과 하나가 되고, 나무와 하나가 되고, 별과 하나가 되고……. 중실에게 산은 어떠한 갈등도 없는 공간, 원하는 것을 얻을 수 있는 공간, 쉬고 싶을 때 언제든 마음 편히 쉴 수 있는 유토피아 같은 공간이다.

그러나 그런 중실에게 딱 하나의 욕심이 있는데, 바로 용녀를 데려와 함께 사는 것이다. 조촐한 오두막을 짓고, 용녀는 집안일을 하고 자기는 밭 갈고 나무하며 단란한 가정을 꾸리고 싶어 한다. 산속에서 홀로 자유롭고 편안하게 사는 것도 좋지만, 인간으로서 행복의 완성은 가정을 꾸리고 자식을 낳아 기르며 사는 것인가 보다. 이는 또한 자연의 이치이며 순리대로 사는 삶이라고 할 수 있겠다.

작품 깊이읽기

1930년대도 머슴이?

중실은 7년 동안 김 영감의 집에서 머슴 일을 했다고 한다. '머슴'이라고 하면 조선 시대에나 있었을 법한데, 당시에도 머슴이 있었을까?

국어사전에서 '머슴'의 뜻을 찾아보면 "주로 농가에 고용되어 그 집의 농사일과 잡일을 해주고 대가를 받는 사내"라고 되어 있다. 고용주의 집에서 함께 살면서 옷, 밥 등을 제공받고 일한 대가로 벼나 돈을 받던 사람을 일컫는다. 부르는 말은 달랐지만 고려 시대, 조선 시대에도 이런 고용 형태가 존재했고, 1894년 갑오경장 이후 머슴은 '농업 임금 노동자'로서 직업적으로 자리매김하게 된다.

일제강점기에는 일제의 토지 수탈 등으로 몰락한 농민들이 대폭 늘어나면서 머슴의 수도 늘어났다. 1930년에는 50만 명이 넘었다고 한다. 그렇게 계속 유지되던 머슴은 1960년대 들어 임금 상승 등의 이유로 급감하게 되고, 1980년대에는 전체 농업 노동자 가운데 0.6% 성도에 불과했나. 그러니까 '머슴'이라는 고용 형태가 사라진 것은 그리 오래되지 않은 일이다.

나는 자연인이다

<나는 자연인이다>라는 텔레비전 프로그램을 보면, 외딴 산속에서 홀로 살아가는 사람들의 모습을 볼 수 있다. 손수 지은 집에서 살며 텃밭에서 채소를 기르고 산에서 먹거리를 구하는 등 세상과 동떨어진 자신만의 삶을 살아간다. 그들 모두 나름의 이유가 있어 산속에서 살아가는데, 전기와 물도 마음대로 못 쓰는 상황이지만 대체로 행복해하고 만족해하며 살아간다.

이 소설에서 중심이 되는 공간은 '산'이고, 이와 대비되는 공간은 '마을'이다. 산은 주인공인 중실에게 안정과 평화와 행복을 주는 공간인 반면, 마을은 억압과 착취와 배반으로 얼룩진 공간이다.

중실이 산에 들어온 이유는 김 영감 집에서 억울하게 쫓겨났기 때문이다. 달리 갈 곳이 없어 평소 가장 친근한 장소였던 산으로 들어간다. 가진 것 없는 맨몸으로 산에 들어갔지만 산은 중실에게 많은 것을 내어주고 포근하게 감싸준다. 그런 산속 생활에서 중실은 마음의 평화와 안정을 찾고 만족해한다. 그리고 자연과 하나가 되어간다. 자연인처럼!

자연과 인간 본성이 결합된 삶

이효석은 순수문학을 지향하면서 문학적 관심이 자연과 인간으로 옮아갔다. 이 소설에 그러한 경향이 뚜렷이 나타난다. 그는 이 작품에서 자연과 산, 중실이 자연과 어우러지는 모습 등을 서정적이고 아름답게 그려내고 있다.

이 소설에서 자연은 상처받은 인간을 치유하고 보듬는 공간으로 기능한다. 중실에게 '산'은 모든 것을 충족시켜 주는 유토피아 같은 공간인 것이다.

그러나 딱 하나 부족한 게 있다. 중실은 밥 짓는 일이 남자가 할 일이 아니라고 생각한다. 그래서 용녀를 데려와, 집안일은 용녀가 하고 자신은 바깥일을 하면서 살아가기를 꿈꾼다. 중실의 입장에서는 그것이 인간 본성에 맞는 일이고 행복을 완성하는 것이기 때문이다.

인간도 자연의 일부인 이상, 자연 속에서 홀로 존재하는 것은 불완전하다. 자연 속에 사는 동물이든 식물이든 모두 암수로 존재하고 그래야 생존할 수 있기 때문이다. 중실에게 용녀는, 자연과 더불어 인간 본성에 따라 순리적으로 사는 삶을 완성하기 위해 꼭 필요한 존재인 것이다.

갈등이 드러나지 않는 소설

일반적인 소설에서는 '갈등'이 이야기의 중심이 된다. 갈등을 따라 사건이 전개되고 갈등이 해소되면서 결말에 이르는 것이 소설의 일반적 구조이다.

그러나 이 소설에는 갈등이 전혀 드러나지 않는다. 김 영감이 중실을 모함해 새경도 안 주고 쫓아내긴 하지만, 둘 사이의 갈등이 겉으로 드러나지는 않는다. 김 영감 말고도 등글개첩이나 용녀, 박 서방 등이 나오는데, 그들과의 갈등도 찾아볼 수 없다. 그렇다 보니 이렇다 할 사건도 없이, 전지적 작가 시점으로 중실의 이야기와 생각을 전하고 있을 뿐이다.

소설적인 재미는 좀 떨어지지만, 작품의 메시지나 목적의식보다는 표현이나 미의식을 중시하는 순수문학적 성격이 잘 드러난다고 하겠다.

도시와 유령

마작철학

산

메밀꽃 필 무렵

메밀꽃 필 무렵

여름 장이란 애시당초에* 글러서, 해는 아직 중천에 있건만 장판*
은 벌써 쓸쓸하고 더운 햇발이 벌여놓은 전* 휘장* 밑으로 등줄기
를 훅훅 볶는다. 마을 사람들은 거지반* 돌아간 뒤요, 팔리지 못
한 나무꾼 패가 길거리에 궁싯거리고들* 있으나 석유 병이나 받
고 고기 마리나 사면 족할 이 축들을 바라고 언제까지든지 버티
고 있을 법은 없다. 춥춥스럽게* 날아드는 파리 떼도 장난꾼 각다
귀*들도 귀찮다. 얼금뱅이*요 왼손잡이인 드팀전*의 허 생원은 기
어코 동업의 조 선달에게 낚아보았다.

- **애시당초에** 처음부터. 애시(애초)와 당초는 모두 '처음'이라는 뜻.
- **장판** 시장이 선 곳.
- **전** 물건을 벌여놓고 파는 가게.
- **휘장** 넓은 천을 이어서 빙 둘러치는 장막.
- **거지반** 거의 절반 정도.
- **궁싯거리다** 이러저리 머뭇거리다
- **춥춥스럽게** 지저분하게.
- **각다귀** 모기와 비슷하게 생긴 곤충. 남의 것을 뜯어먹고 사는 사람을 비유적으로 이르는
  말.
- **얼금뱅이** 얼굴에 둥글게 패인 작은 자국들이 많은 사람.
- **드팀전** 온갖 옷감을 팔던 가게.

"그만 걸을까?"

"잘 생각했네. 봉평장에서 한번이나 흐붓하게° 사본° 일 있었을까. 내일 대화장에서나 한몫 벌어야겠네."

"오늘 밤은 밤을 패서° 걸어야 될걸."

"달이 뜨렷다!"

절렁절렁 소리를 내며 조 선달이 그날 산 돈을 따지는 것을 보고 허 생원은 말뚝에서 넓은 휘장을 걷고 벌여놓았던 물건을 거두기 시작하였다. 무명 필과 주단 바리°가 두 고리짝°에 꼭 찼다. 명석 위에는 천 조각이 어수선하게 남았다.

다른 축들도 벌써 거진 전들을 걷고 있었다. 약빠르게 떠나는 패도 있었다. 어물 장수도, 땜장이도, 엿장수도, 생강 장수도 꼴들이 보이지 않았다. 내일은 진부와 대화에 장이 선다. 축들은 그 어느 쪽으로든지 밤을 새우며 육칠십 리 밤길을 타박거리지 않으면 안 된다. 장판은 잔치 뒷마당같이 어수선하게 벌어지고, 술집에서는 싸움이 터져 있었다. 주정꾼 욕지거리에 섞여 계집의 앙칼진

- **흐붓하게** 만족스럽게.
- **사다** 가진 것을 팔아 돈을 마련하다.
- **패다** 한숨도 안 자고 밤을 지내다.
- **무명 필과 주단 바리** 필은 일정한 길이로 말아놓은 천을 세는 단위, 주단은 품질이 좋은 비단, 바리는 소나 말의 등에 잔뜩 실은 짐을 세는 단위.
- **고리짝** 버드나무 가지나 가늘게 쪼갠 대나무를 엮어서 상자같이 만든 물건. 주로 옷을 넣어 두는 데 쓴다.

목소리가 찢어졌다. 장날 저녁은 정해놓고 계집의 고함 소리로 시작되는 것이다.

"생원, 시침을 떼두 다 아네…… 충줏집 말야."

계집 목소리로 문득 생각난 듯이 조 선달은 비죽이 웃는다.

"화중지병*이지. 연소패*들을 적수로 하구야 대거리가 돼야 말이지."

"그렇지두 않을걸. 축들이 사족을 못 쓰는 것두 사실은 사실이나, 아무리 그렇다곤 해두…… 왜 그 동이 말일세. 감쪽같이 충줏집을 후린 눈치거든."

"무어? 그 애송이가? 물건 가지고 낚았나 부지. 착실한 녀석인 줄 알았더니."

"그 길만은 알 수 있나……. 궁리 말구 가보세나그려. 내 한턱 씀세."

그다지 마음이 당기지 않는 것을 쫓아갔다. 허 생원은 계집과는 연분이 멀었다. 얼금뱅이 상판을 쳐들고 대어 설* 숫기*도 없었으나, 계집 편에서 정을 보낸 적도 없었고…… 쓸쓸하고 뒤틀린 반생이었다. 충줏집을 생각만 하여도 철없이 얼굴이 붉어지고 발밑

• **화중지병** 그림의 떡. 아무리 마음에 들어도 가질 수 없는 경우.
• **연소패** 연소배. 나이가 어린 무리.
• **대어 서다** 대서다. 다가서다.
• **숫기** 활발하여 부끄러워하지 않는 기운.

142

이 떨리고 그 자리에 소스라져 버린다. 충줏집 문을 들어서서 술 좌석에서 짜장* 동이를 만났을 때에는 어찌 된 서슬엔지 발끈 화가 나버렸다. 상 위에 붉은 얼굴을 쳐들고 제법 계집과 농탕치는* 것을 보고서야 견딜 수 없었던 것이다. 녀석이 제법 난질꾼*인 게 꼴사납다. '머리에 피도 안 마른 녀석이 낮부터 술 처먹고 계집과 농탕이야. 장돌뱅이 망신만 시키고 돌아다니누나. 그 꼴에 우리와 한몫 보자는* 셈이지.' 동이 앞에 막아서면서부터 책망이었다. 걱정도 팔자요, 하는 듯이 빤히 쳐다보는 상기된 눈망울에 부딪칠 때, 결김에* 따귀를 하나 갈겨주지 않고는 배길 수 없었다. 동이도 화를 쓰고 팩하게* 일어서기는 하였으나, 허 생원은 조금도 동색하는* 법 없이 마음먹은 대로는 다 지껄였다.

"어디서 주워먹은 선머슴인지는 모르겠으나, 네게도 애비 에미 있겠지! 그 사나운 꼴 보문 맘 좋겠다. 장사란 탐탁하게 해야 되지, 계집이 다 무어야. 나가거라, 냉큼 꼴 치워."

그러나 한마디도 대거리하지 않고 하염없이 나가는 꼴을 보려

• **짜장** 정말로.
• **농탕치다** 남녀가 함께 음탕한 소리와 난잡한 행동을 하다.
• **난질꾼** 술과 여자에 빠져 방탕하게 놀기를 잘하는 사람.
• **한몫 보다** 단단히 이득을 보다.
• **결김에** 화가 난 나머지.
• **팩하게** 갑자기 화를 내며.
• **동색하다** 얼굴빛이 달라지다.

니, 도리어 측은히 여겨졌다. 아직도 서름서름한* 사인데 너무 과하지 않았을까, 하고 마음이 섬짓해졌다.

'주제도 넘지. 같은 술손님이면서두…… 아무리 젊다고 자식 낳게 되는 것을 붙들고 치고* 닦아셀 것은 무어야 원.' 충줏집은 입술을 쫑긋하고 술 붓는 솜씨도 거칠었으나, 젊은 애들한테는 그것이 약이 된다나 하고 그 자리는 조 선달이 얼버무려 넘겼다.

"너, 녀석한테 반했지? 애송이를 빨면* 죄 된다."

한참 법석을 친 후이다. 맘도 생긴 데다가 웬일인지 흠뻑 취해 보고 싶은 생각도 있어서 허 생원은 주는 술잔이면 거의 다 들이켰다. 거나해짐을 따라 계집 생각보다도 동이의 뒷일이 한결같이 궁금해졌다. '내 꼴에 계집을 가로채서는 어떡헐 작정이었누.' 하고 어리석은 꼬락서니를 모질게 책망하는 마음도 한편에 있었다. 그렇기 때문에 얼마나 지난 뒤인지 동이가 헐레벌떡거리며 황급히 부르러 왔을 때에는 마시던 잔을 그 자리에 던지고 정신없이 허덕이며 충줏집을 뛰어나간 것이었다.

"생원 당나귀가 바*를 끊구 야단이에요."

"각다귀들 장난이지 필연코."

---

* **서름서름하다** 사이가 자연스럽지 못하고 매우 서먹서먹하다.
* **치다** 상대편에게 피해를 주기 위하여 공격을 하다.
* **빨다** 빨아먹다. 남의 것을 우려내어 제 것으로 만들다.
* **바** 볏짚, 칡, 삼 등 식물 줄기로 굵게 엮어 만든 줄.

짐승도 짐승이려니와 동이의 마음씨가 가슴을 울렸다. 뒤를 따라 장판을 달음질하려니 게슴츠레한 눈이 뜨거워질 것 같았다.

"부락스러운˚ 녀석들이라 어쩌는 수 있어야죠."

"나귀를 몹시구는˚ 녀석들은 그냥 두지는 않는걸."

반평생을 같이 지내온 짐승이었다. 같은 주막에서 잠자고, 같은 달빛에 젖으면서 장에서 장으로 걸어 다니는 동안에 이십 년의 세월이 사람과 짐승을 함께 늙게 하였다. 까스러진˚ 목뒤털은 주인의 머리털과도 같이 바스러지고, 개진개진˚ 젖은 눈은 주인의 눈과 같이 눈곱을 흘렸다. 몽당비처럼 짧게 슬리운 꼬리는, 파리를 쫓으려고 기껏 휘저어 보아야 벌써 다리까지는 닿지 않았다. 닳아 없어진 굽을 몇 번이나 도려내고 새 철을 신겼는지 모른다. 굽은 벌써 더 자라나기는 틀렸고 닳아버린 철 사이로는 피가 빼짓이˚ 흘렀다. 냄새만 맡고도 주인을 분간하였다. 호소하는 목소리로 야단스럽게 울며 반겨한다.

어린아이를 달래듯이 목덜미를 어루만져 주니 나귀는 코를 벌름거리고 입을 투르르 거렸다. 콧물이 튀었다. 허 생원은 짐승 때문에 속도 무던히는 썩었다. 아이들의 장난이 심한 눈치여서 땀

• **부락스럽다** 성격이나 행동이 거칠다.
• **몹시굴다** 학대하다. 괴롭히다.
• **까스러지다** 잔털이 거칠게 일어나다.
• **개진개진** 눈에 물기가 끈끈하게 서리어 있는 모양을 나타내는 말.
• **빼짓이** 액체가 조금씩 스며 나오는 모양.

밴 몽동아리*가 부들부들 떨리고 좀체 흥분이 식지 않는 모양이었다. 굴레가 벗어지고 안장도 떨어졌다. 요 몹쓸 자식들, 하고 허생원은 호령을 하였으나 패들은 벌써 줄행랑을 논 뒤요, 몇 남지 않은 아이들이 호령에 놀라 비슬비슬 멀어졌다.

"우리들 장난이 아니우. 암놈을 보고 저 혼자 발광이지."

코흘리개 한 녀석이 멀리서 소리를 쳤다.

"고 녀석 말투가……"

"김 첨지 당나귀가 가버리니까 왼통 흙을 차고 거품을 흘리면서 미친 소같이 날뛰던걸. 꼴이 우스워 우리는 보고만 있었다우. 배를 좀 보지."

아이는 앙토라진* 투로 소리를 치며 깔깔 웃었다. 허 생원은 모르는 결에 낯이 뜨거워졌다. 뭇 시선을 막으려고 그는 짐승의 배 앞을 가리어 서지 않으면 안 되었다.

"늙은 주제에 암샘*을 내는 셈야. 저놈의 짐승이."

아이의 웃음소리에 허 생원은 주춤하면서 기어코 견딜 수 없어 채찍을 들더니 아이를 쫓았다.

"쫓으랴거든 쫓아보지. 왼손잡이가 사람을 때려?"

• **몽동아리** 짧은 당나귀의 다리. '몽동'은 '몽당'과 같은 말이며, '아리'는 '다리'의 옛말.
• **앙토라지다** 앵돌아지다. 노여워서 토라지다.
• **암샘** 동물의 암컷이 일정한 시기에 교미를 하려는 욕망을 일으키는 것. 여기서는 '암컷을 탐하는 것'을 뜻함.

줄달음에 달아나는 각다귀에는 당하는 재주가 없었다. 왼손잡이는 아이 하나도 후릴 수 없다. 그만 채찍을 던졌다. 술기도 돌아 몸이 유난스럽게 화끈거렸다.

　"그만 떠나세. 녀석들과 어울리다가는 한이 없어. 장판의 각다귀들이란 어른보다도 더 무서운 것들인걸."

　조 선달과 동이는 각각 제 나귀에 안장을 얹고 짐을 싣기 시작하였다. 해가 꽤 많이 기울어진 모양이었다.

　드팀전 장도리*를 시작한 지 이십 년이나 되어도 허 생원은 봉평장 뺀논 적은 드물었다. 충주, 제천 등의 이웃 군에도 가고, 멀리 영남 지방도 헤매기는 하였으나 강릉쯤에 물건 하러 가는 외에는 처음부터 끝까지 군내를 돌아다녔다. 닷새만큼씩의 장날에는 달보다도 확실하게 면에서 면으로 건너간다. 고향이 청주라고 자랑삼아 말하였으나 고향에 돌보러 간 일도 있는 것 같지는 않았다. 장에서 장으로 가는 길의 아름다운 강산이 그대로 그에게는 그리운 고향이었다. 반날 동안이나 뚜벅뚜벅 걷고 장터 있는 마을에 거지반 가까웠을 때 지친 나귀가 한바탕 우렁차게 울면, 더구나 그것이 저녁녘이어서 등불들이 어둠 속에 깜박거릴 무렵이면 늘 당하는 것이건만 허 생원은 변치 않고 언제든지 가슴이 뛰놀았다.

• 장도리　장돌림. 여러 장으로 돌아다니면서 물건을 파는 장수.

젊은 시절에는 알뜰하게 벌어 돈푼이나 모아본 적도 있기는 있었으나, 읍내에 백중°이 열린 해 호탕스럽게 놀고 투전을 하고 하여 사흘 동안에 다 털어버렸다. 나귀까지 팔게 된 판이었으나 애끊는 정분에 그것만은 이를 물고 단념하였다. 결국 도로아미타불로 장도리를 다시 시작할 수밖에는 없었다. 짐승을 데리고 읍내를 도망해 나왔을 때에는, '너를 팔지 않기 다행이었다'고 길가에서 울면서 짐승의 등을 어루만졌던 것이었다. 빚을 지기 시작하니 재산을 모을 염°은 당초에 틀리고 간신히 입에 풀칠을 하러 장에서 장으로 돌아다니게 되었다.

호탕스럽게 놀았다고는 하여도 계집 하나 후려보지는 못하였다. 계집이란 좀 쌀쌀하고 매정한 것이었다. 평생 인연이 없는 것이라고 (생각하니) 신세가 서글퍼졌다. 일신에 가까운 것이라고는 언제나 변함없는 한 필의 당나귀였다.

그렇다고는 하여도 꼭 한 번의 첫 일을 잊을 수는 없었다. 뒤에도 처음에도 없는 단 한 번의 괴이한 인연. 봉평에 다니기 시작한 젊은 시절의 일이었으나 그것을 생각할 적만은 그도 산 보람을 느꼈다.

달밤이었으나 어떻게 해서 그렇게 됐는지 지금 생각해도 도무

• **백중** 음력 칠월 보름. 절에서 재(齋)를 올려 부처님을 공양하는 날.
• **염** 무엇을 하려고 하는 생각이나 마음.

지 알 수 없었다. 허 생원은 오늘 밤도 또 그 이야기를 끄집어내려는 것이다. 조 선달은 친구가 된 이래 귀에 못이 박이도록 들어왔다. 그렇다고 싫증을 낼 수도 없었으나 허 생원은 시치미를 떼고 되풀이할 대로는 되풀이하고야 말았다.

"달밤에는 그런 이야기가 격에 맞거든."

조 선달 편을 바라는 보았으나 물론 미안해서가 아니라 달빛에 감동하여서였다. 이지러는 졌으나 보름을 갓 지난 달은 부드러운 빛을 흔붓히* 흘리고 있다. 대화까지는 칠십 리의 밤길. 고개를 둘이나 넘고 개울을 하나 건너고 벌판과 산길을 걸어야 된다. 길은 지금 긴 산허리에 걸려 있다. 밤중을 지난 무렵인지 죽은 듯이 고요한 속에서 짐승 같은 달의 숨소리가 손에 잡힐 듯이 들리며, 콩포기와 옥수수 잎새가 한층 달에 푸르게 젖었다. 산허리는 온통 메밀밭이어서 피기 시작한 꽃이 소금을 뿌린 듯이 흐뭇한 달빛에 숨이 막혀 하였었다. 붉은 대궁이 향기같이 애잔하고 나귀들의 걸음도 시원하다. 길이 좁은 까닭에 세 사람은 나귀를 타고 외줄로 늘어섰다. 방울 소리가 시원스럽게 딸랑딸랑 메밀밭께로 흘러간다. 앞장선 허 생원의 이야기 소리는 꽁무니에 선 동이에게는 확적히는 안 들렸으나, 그는 그대로 개운한 제멋에 적적하지는 않았다.

• **흔붓히** 정확한 뜻을 알 수 없음. '흐붓히', '흐뭇한' 같은 말들도 나오는데, 다르게 쓴 것으로 보아 의미상 차이가 있을 듯함.

"장 선 꼭 이런 날 밤이었네. 객줏집 토방이란 무더워서 잠이 들어야지. 밤중은 돼서 혼자 일어나 개울가에 목욕하러 나갔지. 봉평은 지금이나 그제나 마찬가지나, 보이는 곳마다 메밀밭이어서 개울가가 어디 없이 하얀 꽃이야. 돌밭에 벗어도 좋을 것을, 달이 너무도 밝은 까닭에 옷을 벗으러 물방앗간으로 들어가지 않았나. 이상한 일도 많지. 거기서 난데없는 성 서방네 처녀와 마주쳤단 말이네. 봉평서야 제일가는 일색이었지."

"팔자에 있었나 부지."

아무렴, 하고 응답하면서 말머리를 아끼는 듯이 한참이나 담배를 빨 뿐이었다. 구수한 자줏빛 연기가 밤기운 속에 흘러서는 녹았다.

"날 기다린 것은 아니었으나 그렇다고 달리 기다리는 놈팡이가 있은 것두 아니었네. 처녀는 울고 있단 말야. 짐작은 대고 있었으나 성 서방네는 한창 어려서 들고날* 판인 때였지. 한집안 일이니 딸에겐들 걱정이 없을 리 있겠나. 좋은 데만 있으면 시집도 보내련만, 시집은 죽어도 싫다지……. 그러나 처녀란 울 때같이 정을 끄는 때가 있을까. 처음에는 놀라기도 한 눈치였으나 걱정 있을 때는 누그러지기도 쉬운 듯해서 이럭저럭 이야기가 되었네…… 생각하면 무섭고도 기막힌 밤이었어."

* 들고나다 집 안의 물건을 팔려고 가지고 나가다.

"제천인지로 줄행랑을 놓은 건 그다음 날이었나?"

"다음 장도막*에는 벌써 온 집안이 사라진 뒤였네. 장판은 소문에 발끈 뒤집혀 고작해야 술집에 팔려 가기가 상수*라고 처녀의 뒷공론*이 자자들 하단 말이야. 제천 장판을 몇 번이나 뒤졌겠나. 하나 처녀의 꼴은 꿩 궈 먹은 자리*야. 첫날밤이 마지막 밤이었지. 그때부터 봉평이 마음에 든 것이 반평생을 두고 다니게 되었네. 평생인들 잊을 수 있겠나."

"수 좋았지. 그렇게 신통한 일이란 쉽지 않어. 항용* 못난 것 얻어 새끼 낳고 걱정 늘고…… 생각만 해두 진저리가 나지. 그러나 늙으막바지까지 장돌뱅이로 지내기도 힘드는 노릇 아닌가. 난 가을까지만 하구 이 생애와두 하직하려네. 대화쯤에 조고만 전방이나 하나 벌이구 식구들을 부르겠어. 사시장천* 뚜벅뚜벅 걷기란 여간이래야지."

"옛 처녀나 만나면 같이나 살까…… 난 거꾸러질 때까지 이 길 걷고 저 달 볼 테야."

산길을 벗어나니 큰길로 틔워졌다. 꽁무니의 동이도 앞으로 나

• 장도막 한 장날로부터 다음 장날 사이의 동안을 세는 단위.
• 상수 자연적으로 정하여진 운명.
• 뒷공론 겉으로 떳떳이 나서지 않고 뒤에서 이러쿵저러쿵 말하는 일.
• 꿩 궈 먹은 자리 어떠한 일의 흔적이 전혀 없음을 비유적으로 이르는 말.
• 항용 흔히 늘.
• 사시장천 사계절 내내 밤낮으로 쉬지 아니하고 연달아.

서 나귀들은 가로 늘어섰다.

"총각두 젊겠다, 지금이 한창 시절이렷다. 충줏집에서는 그만 실수를 해서 그 꼴이 되었으나 설게 생각 말게."

"처, 천만에요. 되려 부끄러워요. 계집이란 지금 웬 제격인가요? 자나 깨나 어머니 생각뿐인데요."

허 생원의 이야기로 실심해한* 끝이라 동이의 어조는 한풀 수그러진 것이었다.

"애비 에미란 말에 가슴이 터지는 것도 같았으나 제겐 아버지가 없어요. 피붙이라고는 어머니 하나뿐인걸요."

"돌아가셨나?"

"당초부터 없어요."

"그런 법이 세상에⋯⋯."

생원과 선달이 야단스럽게 껄껄들 웃으니 동이는 정색하고 우길 수밖에는 없었다.

"부끄러워서 말하지 않으랴 했으나 정말예요. 제천 촌에서 달도 차지 않은 아이를 낳고 어머니는 집을 쫓겨났죠. 우스운 이야기나, 그러기 때문에 지금까지 아버지 얼굴도 본 적 없고 있는 고장도 모르고 지내와요."

고개가 앞에 놓인 까닭에 세 사람은 나귀를 내렸다. 둔덕은 험

• **실심하다** 근심 걱정으로 맥이 빠지고 마음이 산란해지다.

하고 입을 벌리기도 대근하여* 이야기는 한동안 끊겼다. 나귀는 건듯하면 미끄러졌다. 허 생원은 숨이 차 몇 번이고 다리를 쉬지 않으면 안 되었다. 고개를 넘을 때마다 나이가 알렸다. 동이 같은 젊은 축이 그지없이 부러웠다. 땀이 등을 한바탕 쪽 씻어내렸다.

고개 너머는 바로 개울이었다. 장마에 흘러버린 널다리*가 아직도 걸리지 않은 채로 있는 까닭에 벗고 건너야 되었다. 고의*를 벗어 따로 등에 얽어매고 반벌거숭이의 우스꽝스런 꼴로 물속에 뛰어들었다. 금방 땀을 흘린 뒤는 뒤였으나 밤 물은 뼈를 찔렀다.

"그래 대체 기르긴 누가 기르구?"

"어머니는 하는 수 없이 의부*를 얻어가서 술장사를 시작했소. 술이 고주*래서 의부라고 전망나니*예요. 철들어서부터 맞기 시작한 것이 하룬들 편한 날 있었을까. 어머니는 말리다가 차이고 맞고 칼부림을 당하곤 하니 집 꼴이 무어겠소. 열여덟 살 때 집을 뛰쳐나와서부터 이 짓이죠."

"총각 낫세*론 섬이* 무던하다고 생각했더니 듣고 보니 딱한 신

- **대근하다** 힘들고 만만하지 않다.
- **널다리** 널빤지를 깔아서 놓은 다리.
- **고의** 남자의 여름 홑바지.
- **의부** 어머니가 재혼함으로써 생긴 아버지. 자기를 낳지는 않았으나 길러준 아버지.
- **고주** 술에 몹시 취하여 정신을 가누지 못하는 상태. 또는 그런 사람.
- **전망나니** 돈이라면 사족을 못 쓰고 못된 짓을 하는 사람.
- **낫세** 나쎄. 그만한 나이.
- **섬이** 정확한 뜻을 알 수 없음.

세로군."

물은 깊어 허리까지 찼다. 속 물살도 어지간히 센 데다가 발에 차이는 돌멩이도 미끄러워 금시에 홀칠* 듯하였다. 나귀와 조 선달은 재빨리 거의 건넜으나 동이는 허 생원을 붙드느라고 두 사람은 훨씬 떨어졌다.

"모친의 친정은 원래부터 제천이었던가?"

"웬걸요. 시원스리 말은 안 해주나 봉평이라는 것만은 들었죠."

"봉평? 그래 그 애비 성은 무엇인구?"

"알 수 있나요. 도무지 듣지를 못 했으니까."

'그, 그렇겠지.' 하고 중얼거리며 흐려지는 눈을 까물까물하다가 허 생원은 경망하게도 발을 빗디뎠다. 앞으로 꼬꾸라지기가 바쁘게 몸째 풍덩 빠져버렸다. 허부적거릴수록* 몸을 걷잡을 수 없어 동이가 소리를 치며 가까이 왔을 때에는 벌써 퍽이나 흘렀었다. 옷째 쫄딱 젖으니 물에 젖은 개보다도 참혹한 꼴이었다. 동이는 물속에서 어른을 햇갑게* 업을 수 있었다. 젖었다고는 하여도 여윈 몸이라 장정 등에는 오히려 가벼웠다.

"이렇게까지 해서 안 됐네. 내 오늘은 정신이 빠진 모양이야."

"염려하실 것 없어요."

• 홀치다 자빠질 듯 비스듬하게 몸이 쏠리다.
• 허부적거리다 허우적거리다.
• 햇갑다 가볍다.

"그래, 모친은 애비를 찾지는 않는 눈치지?"

"늘 한번 만나고 싶다고는 하는데요."

"지금 어디 계신가?"

"의부와도 갈라져 제천에 있죠. 가을에는 봉평에 모셔 오려고 생각 중인데요. 이를 물고 벌면 이럭저럭 살아갈 수 있겠죠."

"아무렴. 기특한 생각이야. 가을이랬다……."

동이의 탐탁한 등어리가 뼈에 사무쳐 따뜻하다. 물을 다 건넜을 때에는 도리어 서글픈 생각에 좀 더 업혔으면도 하였다.

"진종일 실수만 하니, 웬일이오 생원?"

조 선달이 바라보며 기어코 웃음이 터졌다.

"나귀야. 나귀 생각하다 실족을 했어. 말 안 했던가? 저 꼴에 제법 새끼를 얻었단 말이지. 읍내 강릉집 피마°에게 말일세. 귀를 쫑긋 세우고 달랑달랑 뛰는 것이 나귀 새끼같이 귀여운 것이 있을까. 그것 보러 나는 일부러 읍내를 도는 때가 있다네."

"사람을 물에 빠지울 젠, 딴은 대단한 나귀 새끼군."

허 생원은 젖은 옷을 웬만큼 짜서 입었다. 이가 덜덜 갈리고 가슴이 떨리며 몹시도 추웠으나 마음은 알 수 없이 둥실둥실 가벼웠다.

"주막까지 부지런히들 가세나. 뜰에 불을 피우고 훗훗이 쉬어. 나귀에겐 더운물을 끓여주고. 내일 대화장 보고는 제천이다."

• 피마 다 자란 암말.

"생원도 제천으로?"

"오래간만에 가보고 싶어. 동행하려나 동이?"

나귀가 걷기 시작하였을 때, 동이의 채찍은 왼손에 있었다. 오랫동안 아둑시니*같이 눈이 어둡던 허 생원도 요번만은 동이의 왼손잡이가 눈에 띄지 않을 수 없었다.

걸음도 햇갑고 방울 소리가 밤 벌판에 한층 청청하게 울렸다.

달이 어지간히 기울어졌다.

《조광》1936년 10월호에 실린 글을 바탕으로 함.

---

* **아둑시니** '어둠의 귀신'을 뜻하는 말이나, '눈이 어두워서 사물을 제대로 분간하지 못하는 사람'의 뜻으로 쓰임.

작품 이해하기

이 소설은 《조광》 1936년 10월호에 발표된 단편소설이다. 앞에서 소개한 〈산〉과 마찬가지로 순수문학 경향의 작품이며, 이효석의 대표작으로 꼽힌다. 이효석은 1930년대 시골 장판과 메밀꽃이 흐드러지게 핀 달밤을 배경으로, 장돌림의 힘겨운 삶과 그 속에서 운명처럼 마주하는 인연 등을 세 인물의 대화를 중심으로 그려내고 있다.

〈메밀꽃 필 무렵〉은 '봉평장 - 충줏집 - 대화장으로 가는 길'이라는 공간적 배경과 대낮에서 밤으로 이어지는 시간적 배경을 바탕으로 이야기가 전개된다.

한낮의 봉평장. 허 생원과 조 선달은 일찍 장사를 접고 대화장으로 가기 위해 짐을 꾸린다. 허 생원은 여름이면 늘 봉평장을 찾지만 한 번도 시원하게 돈을 벌어본 적이 없다. 그럼에도 불구하고 그가 봉평장을 빼놓지 않는 까닭은 '메밀꽃 필 무렵' 봉평장에서의 '무섭고도 기막힌' 하룻밤 추억 때문이다.

저녁의 충줏집. 허 생원은 충줏집에 들어서며 동이가 충줏집과 농탕치는 것을 보고 질투심에 그를 나무라고 따귀까지 때린다. 동이는 별말 없이 충줏집을 나가고, 좀 있다 급히 달려와 허 생원의 나귀가 밧줄을 끊고 난리를 치고 있다는 사실을 알려준다. 허 생원은 동이에게 미안함과 고마움을 느끼고 대화장까지 동행하기로 한다.

대화장으로 가는 밤길. 봉평장에서 대화장까지는 칠십 리 거리다. 달이 환하게 비치고 메밀꽃이 흐드러지게 핀 길을 세 사람이 나귀를 데리고 걷는다. 허 생원은 길을 걸으며 이맘때 그에게 평생 잊을 수 없는 기억으로 남은 성 서방네 처녀와의 하룻밤 이야기를 꺼내놓는다. 동이는 뒤처져 있어서 허 생원의 이야기를 못 듣는다. 길이 넓어지자 세 사람은 나란히 걷게 되고, 이때 동이가 자신의 이야기를 들려준다. 허 생원은 동이의 이야기가 자신의 하룻밤 인연과 무관하지 않음을 직감하고, 또 동이가 자신과 같은 왼손잡이라는 것을 새삼 깨닫는다. 허 생원은 설렘과 기대에 부풀어 대화장 다음에는 제천으로 가기로 한다. 동이와 함께.

앞서 <산>에서 언급했듯이, 이효석은 순수문학을 지향하면서 '자연'과 '인간 본성'에 관심을 가졌다. 이 소설에서도 이러한 경향을 확인할 수 있다. 이효석은 대화장으로 가는 달밤의 메밀꽃 핀 풍경을 마치 한 편의 시처럼 아름답게 묘사한다.

밤중을 지난 무렵인지 죽은 듯이 고요한 속에서 짐승 같은 달의 숨소리가 손에 잡힐 듯이 들리며, 콩 포기와 옥수수 잎새가 한층 달에 푸르게 젖었다. 산허리는 온통 메밀밭이어서 피기 시작한 꽃이 소금을 뿌린 듯이 흐뭇한 달빛에 숨이 막혀 하였었다.

또한 그러한 자연의 아름다운 풍경을 인간사의 운명적인 만남과 자연스럽게 연결하고 있다. 허 생원에게 '메밀꽃 필 무렵의 밤'은 성 서방네 처녀와의 만남, 자기의 자식일지 모르는 동이와의 만남을 가능하게 해준 운명적 시공간인 것이다.

허 생원, 조 선달, 동이처럼 이리저리 떠돌며 힘겨운 삶을 살아가는 사람들도, 달빛 아래 흐드러지게 핀 메밀꽃처럼 아름답고 빛나는 순간을 만날 수 있다. 그런 희망과 기억이 살아갈 힘을 주는 것이 아닐까.

작품 깊이읽기

장돌림으로 떠도는 삶

허 생원, 조 선달, 동이는 장판을 옮겨다니며 물건을 팔아 살아가는 장돌림이다. 하지만 그들의 처지는 저마다 다른데, 허 생원은 딸린 식구 없이 혼자이고, 조 선달은 집에 처자식이 있다. 그리고 동이는 의부의 폭력에 시달리다 어머니를 남겨두고 열여덟 살에 가출해 장돌림이 되었다.

허 생원은 하룻밤 인연을 다시 만날 때까지는 장돌림으로 살아갈 생각이다. 조 선달은 이제 장돌림을 그만두고 가족을 데려와 함께 살기를 원한다. 그리고 동이는 어머니를 모셔 오기 위해 열심히 돈을 모으고 있다.

세 사람은 봉평장에서 대화장으로 이동하는데, 그 거리가 칠십 리라고 했다. 칠십 리면 약 28킬로미터로, 나귀와 함께 고개 넘고 물을 건너서 가려면 밤을 꼬박 새워야 할 거리다. 이튿날 대화장에서 또 장사를 해야 하니, 잠잘 시간이나 있을까? 대화장이 파하면 또 제천으로…….

허 생원과 조 선달은 이런 삶을 20년 이상 살아왔다. 그러니 그간 얼마나 힘들고 고달팠을까? 동이가 물에 빠진 허 생원을 업었을 때 가볍다고 느낀 건, 이런 세월을 겪어낸 결과가 아닐까 싶다.

나귀는 나의 분신

이 소설에서 '나귀'에 대한 내용도 꽤 비중 있게 다루어진다. 나귀는 우선, 허 생원과 동이의 충줏집 사건 이후 둘이 다시 만나고 화해하는 구실을 한다. 허 생원에게 뺨을 맞고 충줏집을 나간 동이는 허 생원의 나귀가 묶어놓은 줄을 끊고 난리를 치는 것을 보고 급히 허 생원에게 가서 그 사실을 알린다. 그러자 허 생원은 아이들 장난 때문이라 생각하며 충줏집을 박차고 나귀한테로 달려간다.

허 생원에게 나귀는 반평생을 함께한 분신과도 같은 존재이다. 젊어서 모아놓은 돈을 투전으로 다 잃고 나귀마저 뺏기게 되었을 때, 나귀만은 안 된다는 생각에 나귀를 데리고 도망쳐 나왔다. 그 덕에 그나마 장돌림을 계속하며 살아올 수 있었다. 그러는 동안 함께 늙으며 서로 닮아갔다.

허 생원이 오자 나귀는 반기며 울어대고 허 생원은 그런 나귀를 어루만지며 위로한다. 그리고 아이들을 혼내주려 하는데, 아이들은 나귀가 암놈을 보고 혼자 발광한 거라고 말한다. 이때 허 생원은 충줏집을 마음에 두었던 자신과 암놈을 보고 미쳐 날뛰었던 나귀의 모습이 서로 닮았다고 생각했을지도 모른다. 그래서 더 낯이 뜨거워지고 화끈거렸던 것이 아닐까.

성 서방네 처녀는 왜?

허 생원의 말에 따르면, 성 서방네 처녀는 봉평에서 제일가는 미인이었다. 그런데 왜 볼품없고 가진 것 없는 허 생원과 하룻밤 인연을 맺게 되었을까?

첫째는 물레방앗간이라는 장소와 연관이 있을 듯하다. 예로부터 물레방앗간은 남녀가 은밀한 사랑을 나누는 공간으로 인식되어 왔다. 마을과 좀 떨어진 곳에 있고 밤이 되면 드나드는 사람도 없어서 몰래 만나기에 안성맞춤인 장소이기 때문이다. 성 서방네 처녀와 허 생원이 우연히 물레방앗간에서 마주하게 되었지만, 그 순간 내재된 성적 욕망이 꿈틀거렸을 수도 있다.

둘째는 성 서방네 처녀의 심리 상태를 고려해 볼 수 있다. 성 서방네 처녀는 가난한 집안 형편 때문에 속상했고, 서둘러 시집 보내려는 부모님 뜻도 따르기 싫었다. 하지만 자신의 이야기를 들어줄 사람이 없다 보니 답답하고 슬펐을 것이다. 그래서 실컷 울기라도 하려고 물레방앗간을 찾았는데, 뜻밖에 허 생원을 만나게 되었다. 처음엔 좀 놀랐겠지만, 허 생원에게 하소연하다 보니 마음이 점점 열리지 않았을까. 그리고 허 생원이 얼금뱅이에 볼품없는 외모라고는 해도, 달빛 조명 아래서는 좀 달라 보였을 수도 있다.

이처럼 '물레방앗간'이라는 공간, 서로를 향한 '측은지심', 은은한 달빛이 스며드는 '분위기' 등이 어우러져 둘만의 운명 같은 하룻밤 인연이 만들어지지 않았을까.

동이는 허 생원의 아들일까?

동이는 아버지가 없다는 말로 시작해 자신의 이야기를 들려준다. 어머니는 제천에서 달도 차지 않은 아이를 낳아 쫓겨났고, 어머니가 원래 봉평에 살았다는 것. 허 생원은 이 말을 듣고 동이 어머니가 성 서방네 처녀일지 모른다고 생각한다. 그리고 동이가 자신과 같은 왼손잡이라는 것을 발견하고는 설렘과 기대에 차 발걸음이 가벼워진다.

어머니가 봉평에 살다 제천으로 갔다는 것, 달도 차지 않은 아이를 낳았다는 것, 그리고 동이가 왼손잡이라는 것. 이러한 사실만으로 동이를 허 생원의 아들이라고 할 수 있을까? 물론 확신할 수는 없지만, 이렇게 들어맞기도 쉽지 않을 것이다.

메밀꽃 핀 달밤에 허 생원과 성 서방네 처녀가 운명적으로 만났듯이, 허 생원과 동이 역시 메밀꽃 핀 달밤에 운명적으로 마주하게 된 것이 아닐까. 살짝 의부의 존재가 마음에 걸리긴 하지만, 왠지 제천에서 세 사람이 얼싸안고 행복해하는 모습을 기대하게 된다.

이효석을 읽다

1판 1쇄 발행일 2021년 3월 22일

지은이 서울국어교사모임

발행인 김학원
발행처 (주)휴머니스트출판그룹
출판등록 제313-2007-000007호(2007년 1월 5일)
주소 (03991) 서울시 마포구 동교로23길 76(연남동)
전화 02-335-4422 **팩스** 02-334-3427
저자·독자 서비스 humanist@humanistbooks.com
홈페이지 www.humanistbooks.com
유튜브 youtube.com/user/humanistma **포스트** post.naver.com/hmcv
페이스북 facebook.com/hmcv2001 **인스타그램** @humanist_insta

편집책임 문성환 **편집** 김사라 **디자인** 이수빈
용지 화인페이퍼 **인쇄** 청아디앤피 **제본** 정민문화사

ⓒ 서울국어교사모임, 2021

ISBN 979-11-6080-618-2 43810